CLV

Der Abenteuer-Fluss

Lois Walfrid Johnson

2 Wettlauf um die Freiheit

CLV

Christliche Literatur-Verbreitung e. V.
Postfach 11 01 35 · 33661 Bielefeld

Lois Walfrid Johnson

ist Autorin von 38 Büchern. Ihre Werke sind in zwölf Sprachen übersetzt worden und haben viele Preise gewonnen. Doch für Lois ist das Wissen, dass die Leser ihre Bücher mögen, die schönste Auszeichnung. Lois und ihr Mann Roy leben in Minnesota, USA, und haben drei verheiratete Kinder.

Um mehr über Lois und ihre Bücher zu erfahren, besuche ihre Website www.lwjbooks.com.

1. Auflage 2015

Originaltitel:
Race for Freedom / The Freedom Seekers # 2

Moody Publishers
820 N. LaSalle Boulevard
Chicago, IL 60610
USA

Postfach 11 01 35 · 33661 Bielefeld
Internet: www.clv.de

Übersetzung: Franziska Sägesser
Satz: CLV
Umschlag: typtop, Andreas Fett, Meinerzhagen
Druck und Bindung: CPI – Ebner & Spiegel, Ulm

Bestell-Nr. 256.172
ISBN 978-3-86699-172-9

Wer auch immer du bist,
wo auch immer du wohnst -
danke, dass du meine Bücher magst.
Der Herr segne dich
und erhalte dich in Seiner Liebe!

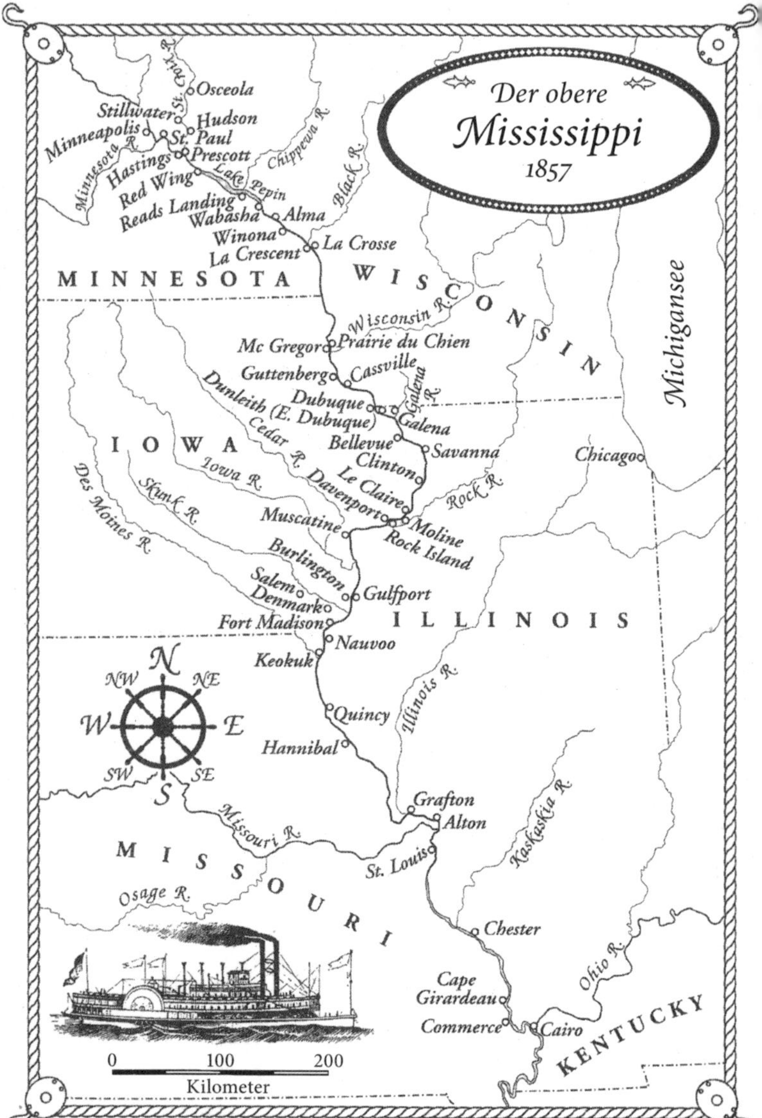

Der obere
Mississippi
1857
Osceola
Stillwater
St. Croix R.
Hudson
Minneapolis
St. Paul
Minnesota R.
Hastings
Prescott
Red Wing
Lake Pepin
Chippewa R.
Reads Landing
Wabasha
Alma
Black R.
Winona
La Crosse
La Crescent
MINNESOTA
WISCONSIN
Michigansee
Wisconsin R.
Mc Gregor
Prairie du Chien
Guttenberg
Cassville
Galena R.
Dunleith (E. Dubuque)
Dubuque
Galena
Cedar R.
Bellevue
Savanna
IOWA
Clinton
Chicago
Iowa R.
Le Claire
Rock R.
Des Moines R.
Skunk R.
Davenport
Muscatine
Moline
Rock Island
Burlington
Salem
Gulfport
Denmark
Fort Madison
ILLINOIS
Nauvoo
Keokuk
N
NW
NE
W
E
SW
SE
S
Illinois R.
Quincy
Hannibal
Grafton
Alton
Missouri R.
Kaskaskia R.
MISSOURI
St. Louis
Osage R.
Chester
Ohio R.
Cape Girardeau
Commerce
Cairo
KENTUCKY
0
100
200
Kilometer

Inhalt

Der Raddampfer Christina

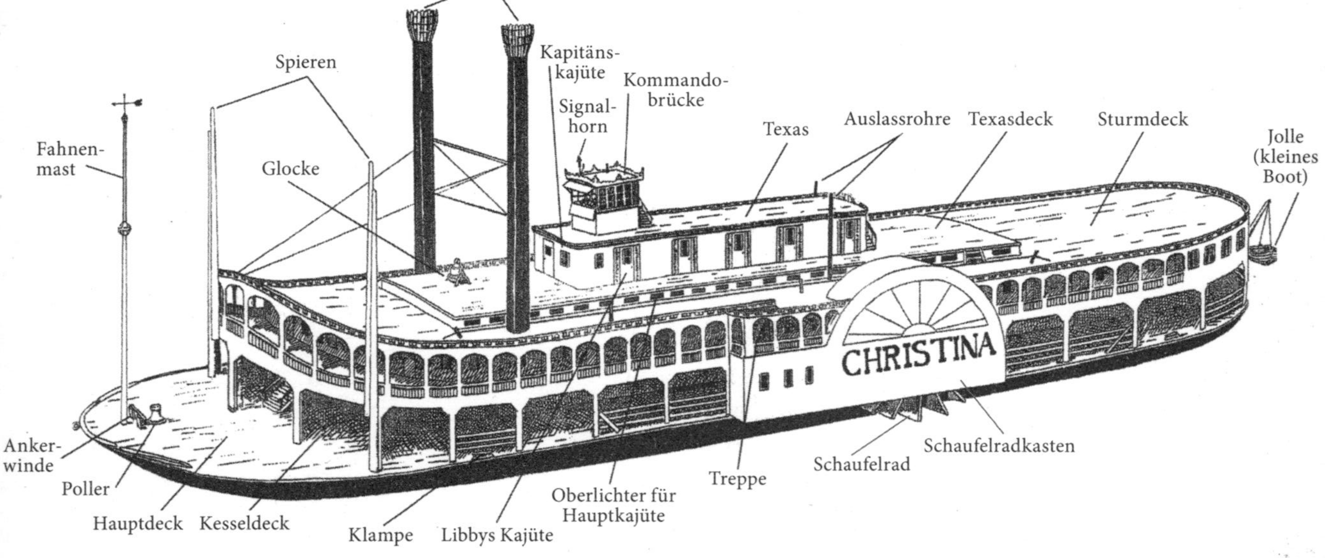

Dred Scott, Roger B. Taney (Vorsitzender des obersten Gerichtshofs der USA), Elijah Lovejoy, Kapitän Daniel Smith Harris, Orion Clemens, Samuel Clemens, Dr. William Sweney, »Onkel Dave« Hancock, Kapitän A. T. Kingman, Kapitän W. H. Laughton, der Lotse Stephen Hanks sowie US-Präsident Abraham Lincoln sind historische Figuren, die zu der Zeit lebten, in der die Geschichte dieses Buches spielt. Alle anderen Figuren sind erfunden, und jede Ähnlichkeit mit lebenden oder verstorbenen Personen ist rein zufällig.

Dunkler als die Nacht

Eine Laterne hing neben der Anlegeplanke und warf einen schwachen Lichtschein auf das Deck der *Christina*. Libby Norstads braune Augen funkelten im Licht. »Wir konnten entkommen!«, flüsterte sie Caleb zu. »Wir konnten tatsächlich entkommen!«

Es erschien Libby wie ein Wunder. In den vergangenen zwei Tagen und Nächten waren sie ständiger Gefahr ausgesetzt gewesen.

Caleb Whitneys blondes Haar fiel ihm über die Stirn beinahe bis in die Augen. Er grinste Libby an und blickte dann zu den Hügeln von Burlington, Iowa, hinauf. Der Dampfer, der Libbys Vater gehörte, lag an der Anlegestelle. Während Deckhelfer die Anlegeplanke einholten, hielt Caleb Wache.

Nun, spät am Abend, sahen die Straßen leer aus, doch Libby wusste, dass Caleb nach jemandem Ausschau hielt. In der Nähe der Uferpromenade schienen die Fenster der großen Lagerhallen wie dunkle Augen auf sie herunterzustarren.

Nach dreimaligem kurzen Tuten lief die *Christina* in den Mississippi aus. Als der Streifen Wasser zwischen Land und Dampfer breiter wurde, war Libby erleichtert. Trotz aller Gefahren waren sie entkommen!

In diesem Augenblick sah Libby Jordan Parker, der lautlos vorwärtsschlich. Als er sich der Laterne näherte, zögerte er und blieb ängstlich außerhalb des Lichtkreises stehen.

Jordan war ein flüchtiger Sklave. Er hatte es geschafft,

seinem Herrn, einem grausamen Sklavenhändler namens Riggs, zu entkommen. Wie Caleb starrte auch Jordan zur Stadt hinauf. Auf den Straßen über ihnen war niemand unterwegs. Dann trat eine dunkle Gestalt aus dem Schatten einer Lagerhalle.

Jordan stöhnte. »Es ist Riggs!«

Mit einer schnellen Handbewegung hob Caleb das Glas der Laterne hoch und blies die Flamme aus. Libby ließ sich auf Hände und Knie fallen, aber es war zu spät.

»Riggs weiß es«, flüsterte sie, als Caleb sich hinter aufgestapeltem Frachtgut versteckte. »Er hat dich gesehen.«

»Dich hat er auch gesehen«, warnte Caleb mit leiser Stimme.

Ein Angstgefühl zog Libby den Magen zusammen. »Was sollen wir tun?«

Caleb bedeutete ihr, leise zu sein. »Der Schall wird vom Wasser verstärkt.«

Nicht weit vom Ufer entfernt begann die *Christina* zu wenden. Als der Bug herumschwenkte, starrte Libby den Mann neben der Lagerhalle an. Dann wurde ihr die Sicht von der Mitte des Schiffes versperrt.

»Wie lange war Riggs schon da?«, flüsterte sie. »Wie viel hat er gesehen?«

»Zu viel«, meinte Caleb. Mit vierzehn, fast fünfzehn Jahren war er ein Jahr älter als Libby. Nun führte Caleb sie und Jordan an eine Stelle im vorderen Teil des Schiffes, wo niemand ihre Gespräche belauschen konnte.

Die Jungen ließen sich auf Kisten fallen, und Libby benutzte ein Nagelfass als Sitz. »Bist du dir sicher, dass es Riggs war?«, fragte sie. Es war zu dunkel gewesen, um das Gesicht des Mannes zu erkennen, und sie wollte glauben, dass sie sich irrten. Laut Caleb war Riggs der grausamste Mann, den er kannte.

»'s war Riggs, ganz klar.« Jordans Stimme ließ keinen Zweifel aufkommen. »Er diese eine Gestalt hat – und ich kennt sie!«

»Aber er hätte in seinem Versteck bleiben können«, antwortete Libby. »Warum trat er heraus, sodass wir ihn sehen konnten?«

»Dieser Mann will zeigen, dass er is' uns auf der Spur«, sagte Jordan. »Er will machen uns Angst, wie er nur kann.«

In der Dunkelheit erschauderte Libby. Solange der Sklavenhändler ihn suchte, würde Jordan nie in Sicherheit sein. Libby wollte sich von Riggs' Anblick nicht beunruhigen lassen, aber tief in ihrem Innern zitterte sie schon, wenn sie nur an ihn dachte.

Dann kam ihr etwas in den Sinn. »Jordan, du warst nicht im Licht. Vielleicht weiß Riggs nicht, dass du bei uns bist.«

Jordan seufzte. »Ich wünsche, dass du hast recht, Libby. Dieser Mann Riggs ist wie 'n Bluthund auf meiner Spur. Wenn er aufspürt Caleb, er spürt mich auf.«

Seit er neun Jahre alt war, arbeitete Caleb bei der »Untergrundbahn«, einem geheimen Netzwerk, das es sich zur Aufgabe gemacht hatte, entlaufenen Sklaven zur Flucht in die Freiheit zu verhelfen. Wenn flüchtige Sklaven sich von der »Untergrundbahn« helfen ließen, gingen sie normalerweise weiter, sobald es ungefährlich war. Jordan wollte jedoch ausnahmsweise auf der *Christina* bleiben.

»Was ist los?«, fragte Caleb Libby, als spürte er ihre Sorgen.

»N-n-nichts!« Libby hasste den Klang ihrer Stimme. »Gar nichts!« Wenn sie Caleb erzählt hätte, was sie beschäftigte, hätte er bestimmt gedacht, sie wäre ein Angsthase. Stattdessen versuchte Libby, ihre Angst beiseitezuschieben. *Ich will mutig sein*, dachte sie. *Mutig wie Caleb und Jordan.*

An diesem Märzabend im Jahr 1857 wusste Libby, welche Strafe darauf stand, entlaufenen Sklaven bei ihrem Wettlauf um die Freiheit zu helfen. Das Gesetz erlaubte Sklavenjägern, flüchtigen Sklaven in die freien Staaten zu folgen. Dort konnten sie einen Trupp zusammenstellen und die Entlaufenen zu ihren Besitzern zurückbringen.

Caleb lehnte sich näher zu Libby herüber und blickte ihr ins Gesicht. Sie versuchte, ihre Gefühle zu verbergen, doch das Mondlicht verriet sie. »Du hast Angst«, stellte Caleb fest. »Du hast Angst, dass Riggs an Bord kommt und Jordan findet.«

»Macht dir das denn keine Angst?«, fragte Libby.

»Nö«, antwortete Caleb.

»Was meinst du mit ›*Nö*‹? Papa ist Kapitän und Besitzer dieses Schiffs. Ist es dir egal, dass er verhaftet werden könnte, weil er einen entlaufenen Sklaven versteckt?«

»Natürlich nicht!«

»Aber es sieht so aus!« Libby war nun aufgebracht. »Du weißt, was passieren würde, wenn Riggs Jordan auf der *Christina* finden würde. Gemäß dem geltenden Recht könnte Papa für schuldig befunden werden, da er einen flüchtigen Sklaven versteckt. Er müsste eine hohe Geldstrafe bezahlen!«

»Ist das alles, was dir Sorgen bereitet?«, fragte Caleb. »Die Bußgelder? Das Geld?«

Libby starrte ihn an. »Was ist, wenn Papa die Bußgelder nicht zahlen kann? Er würde die *Christina* verlieren!«

»Jepp, sehr wahrscheinlich.« Caleb klang nicht allzu besorgt.

»Und was noch schlimmer ist: Papa könnte ins Gefängnis kommen! Hättest du keine Angst, wenn der Kapitän dein Vater wäre?«

Caleb saß mit dem Rücken zum Mond. Dunkelheit überschattete sein Gesicht, doch Libby sah sein Kopfschütteln. »Es gibt etwas, was mich viel stärker beschäftigt«, sagte er.

»Und das wäre?«, fragte Libby. Es gab immer wieder Augenblicke, in denen sie es schwierig fand, diesen seltsamen Jungen zu verstehen. »Was wäre schlimmer, als dass Papa ins Gefängnis kommt?«

Bevor Caleb antworten konnte, sprang Jordan auf. »Mach dir keine Sorgen nich'!«, sagte er zu Libby. »Beim ersten Halt wir machen, ich verlass das Schiff.«

»Nein!«, rief Caleb aus. »Hör nicht auf Libby! Du kannst jetzt nicht weggehen!«

»Doch, ich kann. Ich nicht werde Libbys Papa schaden.«

»Das stimmt«, antwortete Caleb. »Du wirst Kapitän Norstad keinen Schaden zufügen.«

»Aber du Libby hast gehört.«

»Jepp, das hab ich.« Caleb klang ärgerlich. »Und

ich werde nicht zulassen, dass du ihrem Vater Schaden zufügst. Ich werde dich so lange verstecken, wie es nötig ist.«

Jordan schüttelte seinen gebeugten Kopf. »Es falsch war, dass ich Kapitän Norstad hab gefragt, ob ich kann bleiben.«

»Er hat sein Einverständnis gegeben«, antwortete Caleb. »Schon vergessen?«

»Nicht vergessen. Und er mir hat 'nen Job gegeben.« Jordan bewegte die Schultern, als ob der Gedanke, für Geld zu arbeiten, ihm Vergnügen bereitete.

»Vergiss nicht, weshalb Kapitän Norstad sagte, dass du bleiben könntest.«

Jordan richtete sich auf. »Weil ich will mein Daddy finden. Ich will sein die Hände meiner Mamma. Mamma ist echt stark. Aber wenn sie rennt, sie nicht genug Hände für meine Schwestern und mein Bruder hat.«

Im Mondlicht stand Jordan selbstsicher und hoch aufgerichtet da. »Mamma wissen nicht, ob ich tot oder lebendig is'. Sie stöhnt und weint um mich, und hier ich bin – wie ein Vogel frei aus dem Käfig!«

Zum ersten Mal, seit sie Riggs gesehen hatten, blickte Jordan Caleb direkt in die Augen.

»Wenn ich dieses Schiff verlässt, ich geh an Ort, wo Mamma lebt. Ich hilft meiner Mamma und mein' Schwestern und mein Bruder entkommen!«

»Du willst *jetzt* gehen?« Caleb starrte Jordan ungläubig an. »Das kannst du nicht! An jedem Baum und an jedem Gebäude hängen Plakate von dir! Alle Sklavenfänger der Welt wollen diese riesige Belohnung einstreichen!«

Doch Jordan hatte seinen stolzen Gesichtsausdruck aufgesetzt – den Ausdruck, der Libby an fürstliche Würde erinnerte. Mit hoch erhobenem Kopf sagte er: »Als ich nur war ein kleiner Junge, meine Mamma mir sagte: ›Jordan, du dein Volk zum verheißenen Land führen wirst. Du sie wirst in die *Freiheit* nehmen!‹«

»Das stimmt«, antwortete Caleb. »Du *wirst* dein Volk in die Freiheit führen! Aber wenn du es jetzt versuchst, verlierst du *deine* Freiheit.«

Als Jordan blinzelte, fuhr Caleb schnell fort: »Hast du einen Plan ausgeheckt? Weißt du, wie du dich verkleiden kannst, damit man dich nicht erkennt?«

Jordan schüttelte den Kopf.

»Weißt du, wie du dorthin gelangen kannst, wo deine Mutter ist?«

Erneut schüttelte Jordan den Kopf. »Ich hab nie gesehen, wo Mamma lebt jetzt. Wenn ich dort komme, ich werde wissen, was tun.«

»Dann lass uns nachdenken, wie du dorthin kommst, ohne erwischt zu werden«, schlug Caleb vor.

Jordan ließ sich wieder auf die Kiste zurückfallen. Er sah aus, als wollte er nicht zuhören. »Wir musst diesen Plan echt aushecken schnell«, sagte er. »Ich nicht werde warten, bis meiner Mamma noch was passiert.«

Als sei Libby nicht mehr da, lehnte sich Caleb nach vorn, um mit Jordan zu sprechen. »Ich will dir dabei helfen, all deine Familienangehörigen zu finden. Du sagst mir, was ich tun soll, und ich tu's.«

»Ich dir sage, was du solls' tun?« Erneut sprang Jordan auf die Füße. Diesmal glänzten seine Augen. »Du macht doch nur Spaß! Es kein' Sklavenjungen gibt, der einem weißen Jungen sagt, was er soll tun!«

»Ich weiß, was zu tun ist, wenn ich einen entlaufenen Sklaven finde«, sagte Caleb. »Ich weiß, wie ich einen flüchtigen Sklaven verstecken kann, der zur *Christina* kommt. Was *du* tun musst, wird um einiges schwieriger sein.«

Jordan stand wie versteinert da und schien über Calebs Worte nachzudenken. Schließlich drehte er sich um. »Du denkt, dass ich kann mein Volk in die Freiheit führen?«

Calebs Blick blieb fest. »Ich *weiß*, dass du dein Volk in die Freiheit führen kannst. Wenn du meine Hilfe möchtest, hast du sie.« Als wollte er die Sache mit einem Handschlag besiegeln, streckte Caleb Jordan die Hand entgegen.

Jordan starrte auf Calebs Hand hinunter, dann schaute er auf. »Du will mir *wirklich* helfen?«, fragte er.

»Ich will dir wirklich helfen«, versicherte Caleb.

Als hätte er noch nie die Hand eines weißen Jungen berührt, zögerte Jordan. Dann besann er sich anscheinend eines Besseren und streckte die Hand aus. In der Mitte zwischen den beiden Jungen trafen sich ihre Hände.

Jordan grinste. »Ich hoffe, du weiß, was tust du.«

»Zuerst sorgen wir für deine Sicherheit«, versprach Caleb. »Dann denken wir uns etwas aus, um zu deiner Familie zu gelangen.«

In diesem Augenblick spürte Libby ihre Furcht bis in die Zehen hinunter. Etwas Wichtiges war entschieden worden. Etwas, was nicht nur Jordans, sondern auch

Calebs und ihr Leben verändern würde. Allein schon der Gedanke daran, was geschehen könnte, flößte Libby Angst ein.

Hätte ich doch so viel Mut wie Caleb und Jordan, wünschte sie sich erneut. Dann dachte sie an den Mann auf der Straße in Burlington. Es war zu dunkel gewesen, um die bösen Furchen in seinem Gesicht zu erkennen. Doch ein Angstschauer lief Libby den Rücken hinunter, sodass sie zitterte.

Von ganzem Herzen wünschte sie sich, dass Jordans Mutter, seine Schwestern und sein Bruder die Freiheit erlangten. Von ganzem Herzen wünschte sie sich, dass Jordan seinen Vater fand, der von der Familie weg-verkauft worden war. Aber Libby wusste, wie gefährlich das werden könnte.

Ein Gedanke verfolgte sie. *Wie können wir uns vor Riggs verstecken, wohin wir auch gehen?*

Als ob er wüsste, was sie dachte, ergriff Caleb erneut das Wort. »Eins ist sicher: Riggs wird sein Möglichstes tun, um uns aufzuhalten. Wo auch immer wir sind, wird er nicht weit hinter uns sein!«

Größere Rätsel

Trotz ihrer Angst besann sich Libby. Flüchtigen Sklaven zu helfen, war etwas, wovon sie überzeugt war. Bevor sie ihre Meinung ändern konnte, sprach sie ihre Gedanken aus: »Ich will auch helfen.«

»Nein!« Calebs Antwort kam wie aus der Pistole geschossen.

Libby warf ihr rotes Haar zurück. »Ich will ein Schaffner der ›Untergrundbahn‹ sein! Ich will entlaufenen Sklaven helfen, die Freiheit zu erlangen.«

»Und ich habe *›Nein‹* gesagt. *Du* mischst dich da *nicht* ein.«

»Du hast mich das letzte Mal auch helfen lassen«, bat Libby. »Ich habe genau das getan, was du wolltest, das weißt du!«

Caleb achtete nicht darauf. »Wir ließen dich helfen, weil wir keine andere Wahl hatten. Nur weil du etwas einmal getan hast, heißt das nicht, dass du es noch mal tun wirst!«

Aber Libby gab nicht nach. »Du denkst, dass ich ein Angsthase bin, Caleb Whitney. Das bin ich nicht! Ich werde das tun, was du mir sagst.«

»Gut.« Caleb erhob sich. »Im Augenblick sage ich dir, dass du dich nicht in Jordans und meine Angelegenheiten einmischen sollst. Dann werden wir gut zurechtkommen.« Ohne ein weiteres Wort ging er davon.

»Caleb?«, rief Libby ihm nach. Sie vergaß, dass man sie hören konnte. »Was könnte schlimmer sein, als dass Papa ins Gefängnis kommt?«

Caleb ging weiter. »Komm, Jordan«, sagte er.

»Na los, sag schon, Caleb Whitney!«

Keine Antwort kam aus der Dunkelheit. Die Jungen waren bereits weg.

Denen werd ich's zeigen!, sagte sich Libby. Kurz entschlossen zog sie die Schuhe aus. Auf leisen Sohlen eilte sie den Jungen nach.

Im Mondlicht beobachtete sie, wie sich die beiden zwischen der Ladung und den Passagieren, die das Hauptdeck bevölkerten, einen Weg bahnten. Bei der Tür des Maschinenraums blickte Caleb um sich.

Sofort trat Libby in einen Schatten. Dann spähte sie nach vorn. Die Jungen waren verschwunden.

Sie sind im Maschinenraum, dachte Libby und folgte ihnen immer noch lautlos. Leise öffnete Libby die Tür und betrat den Raum.

In einer entfernten Ecke leuchtete eine Laterne. Libby ging auf das Licht zu. Auf halbem Weg durch den Raum hörte sie ein Geräusch hinter sich.

Blitzartig trat sie beiseite und duckte sich in eine freie Stelle zwischen den Maschinen. Dort wartete sie eine Zeit lang, ohne eine weitere Bewegung wahrzunehmen. Schließlich ging sie weiter.

Plötzlich ertönte eine Stimme aus der Dunkelheit. »Was suchst du?«

Von panischer Angst erfüllt schrie Libby auf. »Caleb Whitney!«

Libby klopfte das Herz bis zum Hals, so sehr hatte sie sich erschrocken. Augenblicklich drehte sie sich um und floh. Als sie den Maschinenraum verließ, knallte sie die Tür zu und rannte zur Treppe auf der Vorderseite des Dampfers.

Die *Christina* hatte insgesamt vier Decks. Vom Hauptdeck aus sauste Libby die Treppe zum Kesseldeck, dann weiter zum Sturmdeck hinauf. Von dort trennten sie nur noch ein paar Stufen vom Texasdeck und von ihrer eigenen Kajüte.

Vor der Tür ihrer Kajüte holte sie tief Luft. »Caleb Whitney, wie konntest du nur?«, rief sie aus. »Nur weil du Papas Schiffsjunge bist! Nur weil Papa dir mehr vertraut als den meisten Leuten! Wie kannst du nur so gemein sein?«

Libby atmete tief durch. »Ich werde dir *nie mehr* nachschleichen!«

Erst jetzt bemerkte Libby, dass sie laut sprach. Zugleich merkte sie jedoch auch: *Das ist wahrscheinlich genau das, was Caleb will! Dass ich ihm nicht nachspioniere!*

Libby hob den Kopf und warf ihr rotes Haar zurück. *Ich werd's ihm zeigen! Caleb wird mich NICHT abschrecken!*

Aus der Dunkelheit hörte Libby ein leises Bellen. Sie ignorierte Samson, ihren großen Neufundländer, und lief die Treppe zur Kommandobrücke hinauf, indem sie jeweils zwei Stufen auf einmal nahm. Samson folgte ihr.

Als kleines Mädchen hatte Libby dem kleinen Raum ganz oben auf dem Dampfer oft einen Besuch abgestattet. Dann starb ihre Mutter, und Libby wohnte vier lange Jahre bei ihrer Tante in Chicago. Erst seit ein paar Wochen lebte Libby wieder bei ihrem Vater auf der *Christina*.

Als Libby die Tür zur Kommandobrücke öffnete, zwängte Samson sich hindurch. Der Steuermann stand mit dem Rücken zu Libby an einer Seite des großen Rads, das er benutzte, um den Dampfer zu steuern. Weil es so riesig war, ragte ein Teil davon in den Boden hinein.

Herr Fletcher drehte sich zu Libby um und hob grüßend die Hand. Als er seine Augen wieder auf den Fluss richtete, trat Libby einen Schritt vor. Ohne ihm im Weg zu stehen, blickte sie nach unten und nach vorne zum Bug.

Vor ihnen erstreckte sich der große Mississippi auf beiden Seiten der *Christina*. Libby atmete tief ein und ließ der Erregung, die sie hier immer verspürte, freien Lauf. All ihre Gefühle für den Fluss schienen sich hier auf der Kommandobrücke zu vereinen.

Seit sich Libby erinnern konnte, hatte sie die mächtigen Wasser geliebt, die Form der Bäume, die das Ufer säumten, die Inseln in der Flussmitte. Schon immer war sie gerne gereist, um neue Orte und neue Dinge kennenzulernen. Auf dem Fluss erwartete sie hinter jeder Biegung etwas Spannendes.

Doch auch Libbys Ängste vereinten sich hier auf der Kommandobrücke. Dampfschiffe konnten explodieren, Feuer fangen, auf die verborgenen Wurzeln alter Bäume stoßen und innerhalb weniger Minuten sinken. Immer wenn Libby von einem Schiffsunfall erfuhr, verdrängte sie den Gedanken, dass Papa etwas zustoßen könnte. *Nein!*, sagte sie dann sich selbst. *Es wird ihm nichts geschehen!*

Trotz ihrer Furcht war Libby gern mit ihrem Vater

auf der *Christina*. Sie hatte ihre Sorgen beiseitegeschoben und glaubte fest daran, dass Papa auf sie aufpassen konnte. Doch dass sie Jordan an Bord hatten, brachte eine neue Art von Gefahr mit sich.

Riggs weiß, wo wir sind!, dachte Libby erneut. *Er braucht nur die »Christina« zu finden, die den Fluss hinauf- und hinunterfährt. Und früher oder später werden wir in Saint Louis eintreffen, wo Riggs lebt.*

Libbys Magen zog sich zu einem unbehaglichen Knoten zusammen. *Wie kann ich mutig sein, wenn ich weiß, was Riggs zu tun plant und vielleicht auch tun wird?*

Als spürte er ihre Gedanken, schob sich Samson nahe an Libby heran. Mit seinem wedelnden Schwanz schlug er ihr gegen das Bein. Libby bückte sich und fuhr mit den Fingern durch sein langes, schwarzes Fell. Als Samson die Zunge ausstreckte, um Libby die Hand zu lecken, ließ Libby sich auf die Knie fallen und schlang ihm die Arme um den Hals.

Als Libby wieder aufstand, fühlte sie sich seltsam getröstet. Doch der Knoten in ihrem Magen war immer noch da.

***

Am nächsten Morgen ging Libby in die Kapitänskajüte im vorderen Bereich des Texasdecks. An jedem Werktag trafen Caleb und sie sich hier für ihre Schulstunden. Auf einer Seite der Kajüte war Papas Bett. Der Rest der Kajüte diente als Wohnzimmer, und hier wurden auch Gäste empfangen.

Libbys Vater saß in seinem großen Schaukelstuhl. Auf dem Boden neben ihm lag ein Haufen Zeitungen.

Fette Buchstaben auf der Titelseite verrieten Libby, dass ihr Vater die Zeitung *Daily Hawk-Eye & Telegraph* las. Er musste die Zeitungen in Burlington gekauft haben.

»Hallo Papa«, sagte Libby.

Er streckte seine langen Arme aus und umfasste ihre Taille. Doch zu Libbys Überraschung blickte er nicht von der Zeitung auf.

»Liest du etwas über den Lake Pepin?«, fragte sie.

Jeden Frühling warteten die Kapitäne der Dampfschiffe gespannt darauf, dass dieser See eisfrei wurde und somit der Flussschiff-Verkehr nach Saint Paul eröffnet wurde. Das versprach immer ein spannendes Rennen zwischen den Dampfschiffen.

Kapitän Norstad schüttelte den Kopf. Immer noch ohne aufzuschauen sagte er: »Will mich nur informieren.«

Libby beobachtete ihren Vater. Sogar wenn er saß, sah er groß und schlank aus. Abgesehen von einem Hauch von Weiß über den Ohren war sein welliges schwarzes Haar so dunkel wie seine Kapitänsuniform. Als er die Zeitung hochhielt, zitterte seine Hand.

»Was ist los, Papa?«, fragte Libby.

Nachdem Kapitän Norstad die Zeitung abgelegt hatte, schaute er zu Libby auf. Tränen standen in seinen braunen Augen, die Libbys Augen so sehr glichen.

Angst schnürte ihr die Kehle zu. »Was ist los, Papa?« Seit ihre Mutter gestorben war, hatte sie ihren Vater nie mehr so bestürzt gesehen.

In diesem Augenblick betrat Caleb die Kajüte. Nach einem einzigen Blick auf den Kapitän setzte er sich wortlos an den Tisch.

Kapitän Norstad schob seinen Stuhl nach hinten und stand auf. »Wie konnten sie nur?«, fragte er. Seine Tränen waren Zorn gewichen. »Wie konnte der Oberste Gerichtshof der Vereinigten Staaten so ein Urteil fällen?«

Papa zeigte mit der Hand auf die Zeitungen am Boden. »Hier sind mehrere Artikel über das Dred-Scott-Urteil. Aber schaut euch diesen hier an!« Er ließ eine Zeitung über den Tisch gleiten. »Das erklärt, warum ich mich so fühle.«

Neugierig schaute Libby Caleb über die Schulter, aber sie verstand den Inhalt des Artikels nicht. »Worum geht es?«, fragte sie schließlich.

Kapitän Norstad erklärte es ihr. »Dred Scott ist ein Sklave, der in einem freien Staat und in einem freien Territorium lebt. Auf dieser Grundlage bat er um seine Freiheit. Der Oberste Gerichtshof hat nun entschieden, dass, weil er ein Sklave ist, Dred Scott kein Bürger der Vereinigten Staaten ist. Den Richtern zufolge war er überhaupt nie frei, weil er ein Besitzstück ist.«

Kapitän Norstad schüttelte ungläubig den Kopf. Als er sich wieder hinsetzte, zeigte er Caleb, welche Zeitungsartikel er markiert hatte. »Wir müssen das alles genau studieren«, sagte er. »Viele Leute werden aufgebracht sein wegen dieser Entscheidung. Es könnte unser Land in den Krieg führen.«

»In den Krieg?«, fragte Libby. Krieg war sogar noch beängstigender als ihre anderen Sorgen. »Wie könnte Amerika in den Krieg ziehen?«

Im selben Augenblick hörte Libby einen leisen dumpfen Schlag von außerhalb der Kajüte. Als sie zum

Fenster blickte, meinte sie, eine schnelle Bewegung wahrgenommen zu haben. Falls jemand dort gewesen war, war er bereits wieder verschwunden.

Vielleicht habe ich es mir nur eingebildet, dachte Libby und richtete ihre Aufmerksamkeit wieder auf Papa. Während Libby und Caleb am großen Tisch saßen, begann Kapitän Norstad damit, die Lektionen des Tages zu unterrichten. Libby versuchte, sich auf seine Worte zu konzentrieren. Doch sie bemerkte es sofort, als Jordan durch das Fenster in der oberen Türhälfte hineinblickte. Papa bemerkte es ebenfalls.

»Komm herein«, rief er.

Mit einer Kapitänsuniform über dem Arm ging Jordan zu einem Wandschrank und hängte die Jacke auf. Statt wieder zu gehen, ergriff Jordan einen Besen und fegte den Boden. Oft wandte er den Kopf, als hörte er dem Kapitän zu.

Libby fragte sich, ob sie damit das Richtige vermutete. Sowohl Jordan als auch Caleb arbeiteten als Schiffsjungen. War Jordan jetzt hereingekommen, weil er wissen wollte, was hier vor sich ging?

»Ich habe ein paar kurze Strecken vor mir. Ich werde in Iowa und Illinois Frachtgut liefern«, erklärte der Kapitän Libby und Caleb, als er ihnen die Aufgaben für den nächsten Tag gab. »Wir fahren einige Wochen lang diesen Teil des Flusses hinauf und hinunter, bevor wir nach Saint Louis zurückkehren. Wenn wir dorthin kommen, will ich, dass ihr das Gerichtsgebäude besucht, in dem Dred Scott zum ersten Mal versucht hat, die Freiheit zu erlangen.«

Als Kapitän Norstad hinausging, blieben Libby und

Caleb noch zurück, um zu lernen. Mitten im Lesen schaute Libby auf. Immer noch mit dem Besen in der Hand lehnte sich Jordan über den Tisch und blickte auf die Zeitung. Von dort ging er weiter zu Papas großer Karte des Mississippi. Mit einem Finger fuhr Jordan am Fluss entlang nach Süden.

Bald bemerkte Libby, dass auch Caleb Jordan beobachtete. »Willst du sehen, wo wir sind?«, fragte Caleb.

Als Jordan nickte, drehte Caleb die Karte ein wenig, damit er sie besser sehen konnte. »Da ist Burlington in Iowa, wo wir gestern Abend waren. In der Nacht fuhren wir an Fort Madison und Keokuk in Iowa vorbei. In ein paar Minuten treffen wir in Quincy auf der Illinois-Seite des Flusses ein.«

Calebs Finger zeigte auf das gegenüberliegende Ufer. »Danach legen wir in Hannibal in Missouri an.«

Jordans Blick folgte Calebs Finger auf der Karte bis nach Saint Louis. Schließlich grinste Jordan. »Jetzt ich will *dir* etwas zeigen.«

Ohne ein Wort folgte Caleb Jordan aus der Kajüte. Als sich die Tür hinter ihnen schloss, sprang Libby von ihrem Stuhl auf. Draußen polterten die Jungen die Treppe zum darunterliegenden Deck hinunter. Libby wartete so lange, wie sie es wagen konnte, dann folgte sie ihnen.

Bald verschwanden Caleb und Jordan auf dem Kesseldeck, das so genannt wurde, weil es sich genau über den Heizkesseln befand. Libby schaute in alle Richtungen und versuchte, einen Blick auf die Jungen zu erhaschen. *Ich habe sie verloren!*, ärgerte sie sich.

Da sie nicht wusste, was sie sonst tun sollte, eilte sie zum Bug und dann die Treppe zum Hauptdeck hinunter. Dort erblickte sie Caleb, der gerade um eine Ecke bog.

Sie gehen wieder zum Maschinenraum! Libby eilte ihnen nach. *Was treiben sie dort?*

Weil sie kein zweites Mal erwischt werden wollte, nahm sie den Weg durch den Frachtraum in der Mitte des Schiffes. Von dort aus betrat sie den Maschinenraum durch eine andere Tür.

Vor Libby befand sich einer der großen Kessel, die Wasser aufheizten und Dampf produzierten, um die *Christina* anzutreiben. Doch Libby sah nur die Männer, die normalerweise dort arbeiteten. *Komisch*, dachte sie. *Ich war doch nur ein paar Sekunden später hier als Caleb und Jordan.*

Ohne Zeit zu verlieren, eilte Libby durch den Maschinenraum zur anderen Tür. Als sie diese fest verschlossen vorfand, war Libby verwirrt. Hier war viel Lärm, und sie hatte nicht gehört, dass eine Tür geöffnet oder geschlossen worden wäre. *Doch ich bin mir sicher, dass Caleb und Jordan hier hereingekommen sind. Wo sind sie hingegangen?*

Ratlos versuchte Libby, das Ganze nochmals gründlich zu durchdenken. *Wie haben sie es bloß geschafft, sich vor mir zu verstecken?*

Durchsuchungsbefehl!

In den darauffolgenden Tagen war Libby den Jungen mehrmals auf der Spur. Jedes Mal verschwanden sie irgendwo in der Nähe des Maschinenraums, was Libbys Neugier nur steigerte. *Was ist ihr großes Geheimnis? Warum verraten sie es mir nicht?*

Schließlich fragte Libby Caleb: »Schaust du dich immer noch nach Riggs um?«

»Jepp«, antwortete er. »Du nicht?«

Libby nickte. »Ich frage mich langsam, ob ich ihn überhaupt erkennen würde.«

»Bestimmt«, meinte Caleb. »Erinnerst du dich an die tiefen Furchen von seiner Nase zu den Mundwinkeln? Das sieht aus, als ob er immer finster dreinschaut.«

Libby erinnerte sich nur zu gut, obwohl sie am liebsten jeden Gedanken an Riggs beiseitegeschoben hätte. Sie wollte die Gefahr für Jordan und für ihren Vater einfach vergessen, doch Calebs Worte ließen sie nicht los: *»Eins ist sicher: Wo auch immer wir sind, wird Riggs nicht weit hinter uns sein!«*

Eines Morgens, es war inzwischen April, wurde Libby durch das Krähen eines Hahns geweckt. In ihrer Kajüte hoch oben auf dem Texasdeck lag Libby im Bett und lauschte den Geräuschen einer großen Stadt.

In der Nacht war die *Christina* in Saint Louis angekommen. Auf dem gepflasterten Uferdamm rumpelten Wagen und klapperten die Hufe von Pferden. Etwas weiter entfernt hämmerten Schmiede auf Metall.

Libby kroch aus dem Bett und goss Wasser in eine Schüssel. Schnell wusch sie sich das Gesicht und zog sich an.

Libbys Kajüte war etwa zweieinhalb Meter breit und zwei Meter lang. Sie hatte zwei Türen, auf beiden Seiten des Schiffes eine. In den oberen Hälften der Türen war jeweils ein Fenster. Um die Privatsphäre zu gewährleisten, konnte man über diesen Fenstern Jalousien zuziehen.

Libby öffnete die Jalousien auf einer Seite der Kajüte und schaute über den gewaltigen Mississippi. In diesem Augenblick kam die große, orangefarbene Sonne langsam über dem Horizont zum Vorschein. Geblendet wandte sich Libby zur gegenüberliegenden Tür. Aus dem Fenster jener Tür konnte sie die Stadt Saint Louis sehen. Große, neue Gebäude standen in einer stolzen Reihe in der Nähe des Uferdamms. Die aufgehende Sonne beleuchtete die Backsteine und färbte die Häuser rosa ein.

Die Stadt faszinierte Libby. Sie wünschte, die *Christina* könnte ganz lange in Saint Louis bleiben. Sie wollte alles sehen, was in diesem wichtigen »Tor zum Westen« geschah.

Schon bevölkerten Arbeiter den Damm. Die Anlegeplanken hinauf und hinunter eilten sie, ganz wie Ameisen, die Nahrung in ein Nest brachten. Wo auch immer Libby hinblickte, warteten Fässer und Kisten darauf, auf ein Dampfschiff verladen zu werden.

Als Libby das Brüllen von Ochsen hörte, dachte sie an die großen, nahezu unbevölkerten Gebiete im Westen, die unzählige Pioniere anlockten. Doch dann verschwanden all diese Gedanken aus Libbys Kopf. Auf dem Uferdamm kam ein kleiner, schlanker Mann dahergeschritten.

Libby starrte ihn an. *Gut gekleidet*, dachte sie. *Teuer aussehender Anzug im neuesten Stil. Ein modischer Stock mit Gold am Griff.* So zielstrebig, wie der Mann auf die *Christina* zumarschierte, brauchte er den Stock bestimmt nicht zum Gehen.

Sechs oder sieben andere Männer folgten dem ersten Mann. Mit jedem forschen Schritt, den sie machten, wuchs Libbys Angst. Als der erste Mann nah genug an der *Christina* war, dass Libby die Furchen in seinem Gesicht sehen konnte, war sie sich sicher: Es war Riggs!

In ihrer Eile rannte Libby ohne Schuhe auf das Texasdeck hinaus. Nur ein paar Stufen weiter unten befand sich das Sturmdeck. Von dort aus blickte Libby nach unten. Ein Büro-Angestellter der *Christina* stand neben der Anlegeplanke. Riggs übergab ihm ein Stück Papier, das der Angestellte sorgfältig durchlas.

»Beeilen Sie sich gefälligst!«, beschwerte sich Riggs. Sogar aus dieser Entfernung hörte Libby die Ungeduld in seiner Stimme.

Doch der Angestellte ließ sich Zeit. Schließlich nickte er. Er drehte sich um und rief jemandem auf dem Hauptdeck zu: »Hol Kapitän Norstad!«

Libbys Herz klopfte wie wild. Mit einem einzigen Satz nahm sie die Stufen zum Texasdeck und rannte zur Kajüte ihres Vaters. Dann hämmerte sie an die Tür.

Fast augenblicklich riss Papa die Tür auf. »Libby!« Besorgnis sprach aus seinen Augen. »Was ist los?«

»Riggs ist hier!«, rief sie aus, als ihr Vater sie in seine

Kajüte zog. »Er hat ein Dokument – einen Durchsuchungsbefehl, nehme ich an.«

»Wahrscheinlich schon.« Seine Stimme war ruhig, als hätte er dies erwartet.

»Aber Papa, sie kommen zu dir! Sie werden die *Christina* durchsuchen.«

Immer noch schien ihr Vater keineswegs überrascht zu sein. »Ja.«

»Sie werden dir Fragen stellen.« Die Worte sprudelten aus Libby heraus.

»Geh und warne Caleb«, sagte Papa.

»Aber die Männer kommen zu *dir*!«

Ein Schatten legte sich über die Augen ihres Vaters. »Libby, such Caleb. Und dann halte dich von den Männern fern. Lass sie nicht dein Gesicht sehen.«

Tränen stiegen Libby in die Augen. »Papa, ich habe Angst. Was, wenn dir etwas geschieht?«

»Bitte, Libby.« Kapitän Norstads Stimme war sanft, aber seine Aufforderung zu gehorchen war nicht zu überhören. »Wenn du mit Caleb gesprochen hast, versuch in deine Kajüte zurückzugehen. Bleib dort, bis die Männer wieder gehen.«

Nie zuvor hatte Libby die Befehle ihres Vaters missachtet, doch diesmal zögerte sie, da sie nicht gehen wollte.

»Beeil dich!«, sagte er. Libby hörte bereits Männer die Treppe heraufkommen. Papa schob sie aus der Tür und wies in Richtung der Treppen auf der anderen Seite der *Christina*.

»Sei leise«, flüsterte er. »Such Caleb.«

Ohne ein weiteres Wort zu verlieren, eilte Libby die Stufen hinunter. Als sie das untere Deck erreichte, hörte sie ein lautes Hämmern an der Tür der Kajüte ihres Vaters.

»Aufmachen!«, rief ein Mann. Libby war sich sicher, dass es Riggs war.

Libby rannte weiter und suchte Caleb auf dem Kesseldeck. Zu ihrer Erleichterung fand sie ihn schnell.

»Riggs ist hier«, sagte Libby schnell.

»Ich weiß«, antwortete Caleb. »Es ist in Ordnung.«

»*Es ist in Ordnung?* Wie meinst du das?« Libby war wütend. Caleb sah so ruhig aus wie ihr Vater. War Caleb solche Ereignisse gewohnt?

»Alles ist okay«, wiederholte Caleb. »Schau nicht so ängstlich drein.«

»Ich habe keine Angst«, antwortete Libby.

»Doch. Du siehst aus wie ein Hase, der um sein Leben rennt. Geh und versteck dein Gesicht.«

»Mein Gesicht verstecken? Was meinst du damit?«

»Geh in deine Kajüte«, antwortete Caleb. »Sieh zu, dass Riggs oder seine Männer dich nicht zu Gesicht bekommen.«

»Aber sie werden Papa festnehmen!«

Caleb weigerte sich, auf Libbys Worte einzugehen. Wortlos ging er weg. Libby starrte seinem Rücken hinterher, lief dann aber hinauf, wobei sie jeweils zwei Stufen auf einmal nahm. Als sie das Texasdeck erreichte, schlug ihr das Herz bis zum Hals.

Ganz außer Atem schlüpfte Libby in ihre Kajüte. Schnell zog sie auf beiden Seiten die Jalousien zu, die sie vor Blicken vom Deck schützten.

Aus der Kajüte ihres Vaters hörte Libby Männerstimmen – wütende Stimmen, die Forderungen stellten. Dann wurde eine Tür geöffnet. Libby kauerte sich neben ihrem Bett hin und lauschte, alle Sinne angespannt.

Raue Stimmen und das Geräusch von schweren Fußtritten erfüllten das Deck. Als die Männer an ihrer Kajüte vorbeigingen, wartete Libby mit angehaltenem Atem. Würde Riggs eine Kajüte nach der anderen absuchen? Die Passagiere waren immer noch in ihren Betten.

Dann hörte Libby die Stimme ihres Vaters. »Sehen Sie?«, fragte er direkt vor Libbys Kajüte. »Heute Morgen ist alles ruhig auf dem Fluss.«

Es war eine Warnung, das wusste Libby – eine Warnung, dass sie still in ihrer Kajüte bleiben sollte.

Nach einer Ewigkeit, wie es ihr schien, hörte sie, dass die Männer eine Treppe zum Kesseldeck hinuntergingen. Libby zog eine Jalousie einen Spaltbreit auf.

Bald zog sie die Jalousie ganz auf. Sie stellte sich in den Türeingang und lauschte.

Libby konnte die Männer nicht mehr hören. Immer noch barfuß lief sie die wenigen Stufen vom Texasdeck zum Sturmdeck hinunter. Als sie vorwärtsschlich, hörte sie wieder Männerstimmen. Libby war sich sicher, dass sie die breite Treppe an der Vorderseite des Schiffes hinuntergingen. Sogar auf dem dicken roten Teppich klangen ihre Stiefel schwer.

Auf den Knien spähte Libby über das niedrige Geländer des Sturmdecks. Sogar zwei Decks unter ihr konnte sie geschriene Befehle hören.

»Schiebt es beiseite!« Das war Riggs, der am Bug des Dampfers stand.

Als er nach oben blickte, duckte sich Libby hinter das Geländer. Bald hörte sie, wie Kisten über das Deck schrammten und Fässer grob umgekippt wurden. Dann knallte etwas laut auf Holz.

Libby richtete sich auf und blickte erneut über das Geländer. Einer der Männer hatte die Abdeckung einer Luke in der Nähe des Bugs zurückgeworfen. Riggs machte sich daran, in den Frachtraum zu steigen, und weitere Männer folgten ihm. Während sie ihnen zuschaute, wurde Libby immer nervöser. Kapitän Norstad hatte Jordan befohlen, in den Maschinenraum zu gehen, wenn die *Christina* im Hafen lag. Aber was war in Zeiten wie jetzt? War es das, was Caleb und Jordan getan hatten – ein Versteck vorbereiten?

Es beunruhigte Libby, dass Riggs zu wissen schien, wo dieser Ort sein könnte. Eine eisige Hand griff nach ihrem Herzen. *Wenn sie Jordan finden, werden sie Papa verhaften.*

Mit gespitzten Ohren und offenen Augen wartete Libby minutenlang. Schließlich sah sie Riggs aus dem Frachtraum kommen. Einer seiner Männer schlug die Luke zu. Kisten und Fässer schrammten über das Deck.

»Versucht eine andere Luke!« Das war wieder Riggs. Libby zweifelte nicht daran, dass er jeden Bereich des Frachtraums absuchen würde.

Wie befohlen arbeiteten sich die Männer an der Seite der *Christina* entlang vor. Als einer von ihnen in der Nähe der Treppe etwas rief, besann sich Libby. *Papa hat gesagt, ich solle in meiner Kajüte bleiben. Falls ein Mann die Treppe heraufkommen würde, würde er mich sehen!*

Trotz ihrer Neugier eilte Libby zurück, schlüpfte in

ihre Kajüte und zog die Jalousien beinahe ganz zu. Mit zittrigen Händen wartete sie und horchte, ob die Männer wieder die Treppen heraufkamen.

Eine Stunde später bemerkte Libby eine Veränderung. *Kein Zuknallen von Luken mehr*, dachte sie. *Keine lauten Stimmen und kein Getrampel mehr.* Stattdessen schien es auf den Decks seltsam still zu sein.

Auf Zehenspitzen schlich Libby aus ihrer Kajüte zum Rand des Sturmdecks. Erneut kniete sie nieder und spähte über das Geländer.

Bald entdeckte Libby Riggs auf der Anlegeplanke. Als er das Ufer betrat, sah Libby nur seinen Rücken. Doch seine Haltung verriet ihr, was geschehen war. Der grausame Sklavenhändler war wütend. Und ebenso die Männer bei ihm.

Sie haben Jordan nicht gefunden! Libby wäre am liebsten auf- und abgesprungen vor Erleichterung. Sie hätte gleichzeitig tanzen, lachen und weinen können. Sie hätte die gute Nachricht der ganzen Welt zurufen wollen. *Jordan ist in Sicherheit! Und Papa auch! Zumindest für den Augenblick.*

Dann sah Libby einer neuen Gefahr ins Auge. *Riggs wird zurückkommen. Wie? Und wo? Und wann?* Eiskalte Schauer liefen Libby über den Rücken, allein beim Gedanken daran.

Einen Augenblick später kam ihr ein weiterer Gedanke. *Wenn Riggs Jordans Versteck nicht finden kann, wie sollte ich es dann finden können?*

Langsam stand sie auf und ging die Treppe hinunter, um Caleb zu suchen. Einmal mehr hatte Libby mehr Fragen als Antworten.

***

»Komm, Libby«, sagte Caleb am nächsten Morgen nach dem Frühstück. »Ich zeige dir, wie man ein Laufbursche wird.«

»Was ist ein Laufbursche?« Libby stand hoch oben auf dem Sturmdeck und beobachtete, was vor sich ging. Sie wollte sich die Straßen und Läden von Saint Louis anschauen, etwas über die Menschen in dieser Stadt erfahren und den langen Zügen von Pionieren zusehen, wie sie in Richtung Westen aufbrachen.

»Ein Laufbursche rührt die Werbetrommel für ein Dampfschiff.« Caleb grinste. »Wir stehen in der Nähe der Anlegeplanke und sagen den Leuten, wie toll wir sind.«

Auf dem Weg zur Treppe fügte Caleb weitere Erklärungen hinzu. In großen Städten konkurrierten die Dampfschiffe sowohl um Passagiere als auch um Frachtgut. Die Kapitäne schickten Jungen wie Caleb zu den Anlegestellen, um die Leute zu ihrem Dampfschiff zu führen und so viele Aufträge wie möglich einzuholen.

Libby zögerte. »Und wenn nun Riggs die *Christina* beobachtet? Was geschieht, wenn er uns vor dem Dampfschiff sieht?«

Caleb zuckte mit den Schultern. »Er weiß bereits, dass wir hier sind. Warum, glaubst du wohl, hatte er den Durchsuchungsbefehl dabei? Er glaubt, dass er Jordan überall dort findet, wo er mich sieht.«

»Stört dich das nicht?« Libby hoffte immer noch, dass Riggs sie nicht wiedererkennen würde. »Wenn Riggs mich auch kennt, warum wollte dann Papa nicht, dass er mich sieht?«

Caleb blieb auf der breiten Treppe, die zum Hauptdeck führte, stehen und grinste. »Dein Papa weiß, dass dein Gesicht für uns alle die Verhaftung bedeuten könnte.«

»Mein Gesicht?«, fragte Libby. »So schlimm ist es nicht!«

»Deine großen braunen Augen lassen zu viel erkennen. Wenn du ängstlich aussiehst, verrätst du uns alle.«

Libby war immer noch nicht davon überzeugt, dass sie ein Laufbursche sein wollte, aber sie trottete weiter die Stufen hinter Caleb hinunter.

»Wenn Riggs in die Nähe kommt, zeig ihm nicht, was du denkst«, fuhr Caleb fort. »Sonst bringst du Jordan in große Schwierigkeiten.«

Mehr als einmal hatte Libby Calebs Fähigkeit bewundert, seine Gedanken vor Sklavenfängern zu verbergen. Nun zweifelte Libby daran, ob sie dasselbe tun konnte. Ihr ganzes Leben lang war sie losgelaufen, ohne sich umzusehen, und hatte zu sprechen begonnen, ohne nachzudenken.

»Als er gestern suchte, konnte Riggs Jordan nicht finden.« Das machte Libby neugierig. Irgendwie würde sie das Versteck der *Christina* entdecken, aber Libby wusste, dass Caleb es ihr nie verraten würde.

»Genau deshalb wollen wir ihm immer einen Schritt voraus sein«, antwortete Caleb. »Riggs weiß, dass wir etwas tun. Er weiß, dass es etwas mit entlaufenen Sklaven zu tun hat. Wenn er uns dabei erwischt, wird er die Belohnung für viele Sklaven einstreichen. Stell dir nur mal vor, wie viel Geld er machen würde!«

Libby ballte die Hände zu Fäusten. Sie war wütend

auf den grausamen Sklavenhändler. Wütend, weil Riggs in der Lage war, Jordan, Papa und Caleb Schaden zuzufügen. Wütend auf das »Gesetz über flüchtige Sklaven«, das einem Sklavenfänger das Recht gab, sogar in den sogenannten »freien« Staaten, in denen die Sklaverei bereits abgeschafft worden war, nach Sklaven zu suchen.

»Also, wie werde ich ein Laufbursche?«, fragte Libby.

»Du erzählst den Leuten von der *Christina.*« Auf der breiten Treppe, die zum Hauptdeck führte, trat Caleb einen Schritt näher und senkte die Stimme. »Und während du das tust, halte nach Riggs Ausschau.«

»Nach *Riggs*?«, platzte Libby heraus. Riggs gab ihr immer das Gefühl eines gejagten Tieres. *Wenn er schon MIR dieses Gefühl gibt, muss es für Jordan noch hundertmal schlimmer sein.*

»Du willst, dass ich nach *Riggs* Ausschau halte?«, fragte Libby ein wenig zu laut.

»Pssst!«, warnte Caleb. »Genau das meine ich. Du wirst uns verraten!«

Der unerwünschte Passagier

Ich will nicht einmal an Riggs *denken*!« Libby warf ihr rotes Haar zurück und wünschte sich, sie könnte alle Gefahr weit hinter sich lassen.

Mitten auf dem Hauptdeck blieb Caleb stehen. »Es wäre besser, du dächtest an ihn.« Calebs Stimme war immer noch leise. »Stell dir vor, du wärst ein Sklavenhändler wie Riggs. Wenn du ein Dampfschiff durchsuchtest und keinen flüchtigen Sklaven fändest, was würdest du als Nächstes tun?«

Libby dachte einen Augenblick nach. »Ich käme als Passagier an Bord.«

»Jepp!« Caleb grinste. »Riggs wird wahrscheinlich einen anderen Namen benutzen. Wir müssen ihn also einfach sehen, wenn er die *Christina* besteigt.«

»*Einfach!*«, rief Libby aus. »Papa meint, dass dies die vollste Fahrt der Saison sein könnte. Wie viele Leute sind das dann etwa?«

»Wenn wir gute Arbeit leisten, könnten es über dreihundert sein, einschließlich der Besatzung«, schätzte Caleb.

Die Schwierigkeit, unter so vielen Menschen eine bestimmte Person zu finden, machte Libby zu schaffen. »Wenn wir Riggs verpassen, findet er alles heraus, was er wissen will. Früher oder später wird er Papa anklagen, einen flüchtigen Sklaven zu verstecken.«

»Deshalb brauche ich deine Hilfe«, betonte Caleb. »Befänden sich alle zur selben Zeit am selben Ort, wäre es nicht so schwierig. Aber es gibt zu viele Stellen, wo man sich verstecken kann. Falls Riggs an Bord kommt, ist es besser, wir wissen es.«

Caleb betrat die Anlegeplanke. »Wetten, dass ich ihn zuerst entdecke?«

Seine Worte machten es zu einem Spiel, den Sklavenhändler zu finden. Obwohl Caleb nicht wollte, dass sie bei der »Untergrundbahn« mitmachte, würde Libby ihm beweisen, dass sie nützlich sein konnte. Vielleicht lernte er dann, ihr zu vertrauen.

»Sag mir, was ich tun soll«, sagte sie.

»Ich zeig's dir. Dein Papa will voll beladen nach Saint Paul fahren. Wir kümmern uns für ihn darum.«

Hier am Wasser schienen der Lärm und der Verkehr überwältigend zu sein. Auf dem Uferdamm nahm Caleb einen Platz in der Nähe der Anlegeplanke ein. »Meine Damen und Herren!«, schrie er. »Für die sicherste Fahrt auf dem Fluss wählen Sie die *Christina*! Wählen Sie Kapitän Norstad, den zuverlässigsten Kapitän auf dem Mississippi! Sechzehn Jahre sichere Fahrt! Seit sechzehn Jahren bringt er Passagiere an ihr Ziel!«

Als Libby zuschaute, drehten sich mehrere Leute zu Caleb um. Einige gingen weiter und betrachteten die Dampfschiffe, um besser entscheiden zu können, welches Schiff sie nehmen sollten. Andere blieben stehen, um zuzuhören.

»Treten Sie näher, Herrschaften!«, rief Caleb. »Buchen Sie Ihre Fahrt bis nach Saint Paul hinauf!« Als einige der Passagiere näher traten, sprach Caleb sie an. »Reisen Sie auf dem saubersten Dampfer auf dem Fluss! Essen, das Ihnen das Wasser im Mund zusammenlaufen lässt! Meine Oma kocht und backt, und sehen Sie nur, wie groß ich geworden bin!«

Sobald Caleb ihre Fragen beantwortet hatte, führte er die Passagiere der Ersten Klasse zur Anlegeplanke und verwies sie ans Büro. Die Deckpassagiere brachte er zu einem jungen Mann hinüber.

»Bitte sehr! Herr Martin wird Ihnen weiterhelfen.«

Herr Martin, ein junger Mann, stand auf dem schlammbedeckten Ufer und überprüfte das Be- und Entladen der *Christina*. Er nahm auch die Fahrtgelder der Deckpassagiere entgegen.

Als ein mit Kisten voll beladener Pferdewagen vorbeirumpelte, änderte Caleb seinen Text. »Schiffen Sie Ihr Frachtgut bis ins Minnesota-Territorium! Wir bringen Ihre wertvolle Ware in kürzester Zeit ans gewünschte Ziel!«

»Brrr!« Der Fahrer zog die Zügel an. »Brrr!« Als der Wagen zum Stehen kam, blickte der Mann zur *Christina* hinauf. »Nach Saint Paul, was?«, fragte er Caleb.

»Jepp! Sicherer Umgang mit all Ihrem Frachtgut! Kein Festsitzen an einem Hafen, um auf ein anderes Schiff zu warten. Direkt von Saint Louis nach Saint Paul!«

»Wie viel?«

Caleb drehte sich um und wies auf Herrn Martin. Dieser trat vor, und schon bald einigte er sich mit dem Fahrer auf einen Betrag. Deckhelfer der *Christina* begannen, die Kisten aufzuladen.

Nach kurzer Zeit führte ein Passagier eine Kuh die Anlegeplanke hinauf. Die Kuh schüttelte stark den Kopf wegen des Seils, das um ihren Hals gebunden war, und rollte voller Angst mit den Augen. Ein anderer Mann trug auf dem Rücken eine Lattenkiste mit Hühnern.

Als sie Calebs Erfolg sah, nahm Libby all ihren Mut zusammen. »Nehmen Sie die *Christina* nach Saint Paul!«, rief sie. »Das sicherste Schiff auf dem Fluss!«

Im selben Augenblick, als die Worte ihren Lippen entwichen, wünschte sich Libby, sie könnte sie zurücknehmen. Manchmal zweifelte sie daran, ob ein Dampfschiff überhaupt sicher sein konnte. Doch falls es so etwas wie ein sicheres Dampfschiff gab, war sie sich sicher, dass es das ihres Vaters war.

Erneut rief Libby. Diesmal dachte sie an Tante Vi. Während vier langer Jahre hatte Tante Vi versucht, Libby zu einer anständigen jungen Dame zu erziehen. *Was würde meine Tante wohl sagen, wenn sie mich jetzt sehen könnte?*

Mitten im Satz verschluckte sich Libby. Die Passagiere, die ihr zuhörten, wandten sich ab.

Kurz darauf spazierte Libbys Vater auf das Hauptdeck hinaus. Als er Libby auf dem Uferdamm sah, winkte er ihr zu. Ihre Schüchternheit verschwand, und plötzlich wusste Libby, was sie sagen wollte.

»Meine Damen und Herren!«, rief sie laut. »Der beste Vater – der beste Dampfschiffkapitän im Geschäft! Nehmen Sie die *Christina*, und seien Sie gewiss, dass Ihr Kapitän sich um Sie kümmern wird!«

Als sie sich kurz zum Dampfschiff umdrehte, sah Libby Papas Gesicht. Er senkte langsam ein Augenlid und zwinkert Libby zu. Libby zwinkerte zurück. Sein Lächeln vermittelte Libby ein warmes Gefühl von Liebe.

Die nächsten Deckpassagiere, die vorbeikamen, hielten an, um mit Libby zu sprechen. Als sie bei Herrn Martin Fahrkarten kauften, wurde Libby ganz aufgeregt. Sie konnte das tatsächlich auch!

Während sie weiterrief, beobachtete Libby jeden einzelnen Passagier, der sich der *Christina* näherte. Sie achtete weniger auf Frauen und große, stämmige Männer, sondern mehr auf kleine Männer. Innerhalb der nächsten Stunde sah sie mindestens drei kleine, schlanke Männer, aber keiner erinnerte sie an Riggs.

Während des ganzen Morgens eilten Arbeiter, die die Fracht luden, die Anlegeplanke hinauf und hinunter. Die Kisten und Fässer, die bis nach Saint Paul kommen sollten, wurden im Schiffsrumpf verstaut. Deckhelfer öffneten Luken und ließen das Frachtgut auf Rampen in den Frachtraum hinuntergleiten.

Während Caleb Wache hielt, machte Libby eine Pause, um ihr Mittagessen einzunehmen. Als sie an einer offenen Luke auf dem Hauptdeck vorbeiging, schaute sie in das Loch hinunter. Da die *Christina* im flachen Wasser des oberen Mississippi fahren musste, war der Rumpf nur gut anderthalb Meter tief. Er wurde durch lange stabile Holzwände – Schotten genannt – in mehrere Bereiche eingeteilt. Diese Schotten gab es auf der gesamten Länge des Schiffsrumpfs. Sie halfen der Mannschaft auch, das Schiff so zu beladen, dass das Frachtgut nicht verrutschte.

Als Libby fertig gegessen hatte, folgte Samson ihr die Anlegeplanke hinunter. »Bleib!«, befahl sie dem Hund, als sie den Uferdamm erreichte. Trotz seiner sanften Natur war Samson so groß, dass er potenzielle Passagiere möglicherweise abschreckte. Samson neigte den Kopf und ließ sich neben Libby fallen.

»Ich halte nach Riggs Ausschau, während du essen gehst«, flüsterte Libby Caleb zu. Mit einem Satz war er auf der Anlegeplanke und außer Sichtweite.

Die Mittagssonne wärmte. Vom Uferdamm aus blickte Libby um sich. So weit sie in beide Richtungen sehen konnte, lagen Dampfschiffe im Hafen, deren Bug zum Uferdamm zeigte. Als Libby die Geschäftigkeit um die *Christina* mit jener um die anderen Dampfschiffe verglich, fühlte sie sich gut. Sie und Caleb hatten für ihren Vater mehr als genug Geschäfte eingebracht.

Im nächsten Augenblick verschwanden ihre warmen Gefühle. Direkt vor ihr kam ein gut gekleideter Mann zielstrebig auf die *Christina* zu. Mit jedem selbstsicheren Schritt, den er machte, fühlte sich Libby unbehaglicher. Der Mann war klein und schlank und trug einen Stock in der Hand, benutzte diesen aber nicht zum Gehen.

Das ist Riggs!, dachte Libby.

Dann bemerkte Libby, dass der Mann einen gezwirbelten Schnurrbart hatte. Der Schnurrbart war breit und bog sich an beiden Enden nach oben. *Das kann nicht Riggs sein*, dachte Libby. *Es kann ihm unmöglich ein so großer Bart gewachsen sein seit gestern!*

Kurz darauf änderte Libby ihre Meinung erneut. *Er könnte einen falschen Schnurrbart tragen!*

Libby wirbelte herum. *Caleb, wo bist du?*

Da sie ihn nirgendwo sehen konnte, drehte sich Libby wieder um. Bei der Anlegeplanke warteten mindestens zwanzig oder dreißig Passagiere darauf, an Bord zu kommen. Der Mann, der wie Riggs aussah, stellte sich hinter ihnen an.

Wenn er an Bord kommt, wird er hinter Jordan her sein!, dachte Libby verzweifelt.

Erneut drehte sie sich zur *Christina* um. *Wenn ich nur die Anlegeplanke hinaufrennen könnte, um Caleb zu suchen oder wenigstens seinen Namen zu rufen!*

Von Panik erfüllt starrte Libby wieder die Passagiere an. Die Menge war sogar noch größer geworden. Während Deckpassagiere darauf warteten zu bezahlen, gingen die Passagiere der Ersten Klasse um sie herum und die Anlegeplanke hinauf.

Gerade in diesem Augenblick trat ein Deckhelfer, der einen großen Schrankkoffer trug, vor Libby. Ein zweiter Mann folgte mit einem weiteren Schrankkoffer auf den Schultern. Verzweifelt bewegte sich Libby hin und her und versuchte, um die Männer herumzusehen.

Sobald die Deckhelfer weitergegangen waren, suchte Libby die Menschenmenge erneut ab. Nirgendwo konnte sie den Mann ausmachen, von dem sie glaubte, dass es Riggs war. *Er muss hier sein!*

Da bemerkte Libby ein Nagelfass in der Nähe der Anlegeplanke. Sie rannte zum Fass hinüber und sprang darauf. Durch die gewonnene Höhe konnte sie die Menschenmenge besser überblicken.

Als sie jedes Gesicht prüfte, wurde Libby beinahe übel. *Der Mann, der wie Riggs aussieht, ist verschwunden!*

Sobald Caleb zurückkehrte, erzählte Libby ihm, was geschehen war.

»Du weißt nicht, ob der Mann an Bord gegangen ist oder nicht?«, fragte Caleb.

Libby war immer noch aufgebracht. »Er hielt hinter der Menge an. Er könnte ein anderes Dampfschiff genommen haben. Oder er könnte die Anlegeplanke hinaufgegangen sein, als ich nichts sehen konnte.«

»Wie hat er ausgesehen?«, fragte Caleb.

»Genauso wie Riggs, abgesehen von einer Sache. Er hatte einen gezwirbelten Schnurrbart, der auf beiden Seiten nach oben geht. Vielleicht ist es eine Verkleidung.«

Caleb nickte. »Gut überlegt. Ein großer Schnauzbart würde die Furchen in seinem Gesicht verbergen.«

»Also, was tun wir nun?«, fragte Libby, während ein Mann mit einem grau-weißen Bart seine Taschen vor Herrn Martin hinstellte.

Der Mann war stämmig gebaut und von mittlerer Größe, trug einen zerknitterten braunen Anzug und einen Kastorhut. Seine kleine Brille mit den runden Gläsern war ihm halb die Nase heruntergerutscht.

»Passagiere der Ersten Klasse tragen sich im Büro ein«, erklärte Herr Martin ihm.

Der Mann bückte sich und hob eine schwarze Ledertasche und eine Reisetasche – einen Stoffkoffer mit Henkeln – auf. Als er die Anlegeplanke hinaufging, rief Herr Martin ihm nach: »Sind Sie zufälligerweise Arzt?«

Der Mann nickte, und Herr Martin meinte: »Der Kapitän wird froh sein zu wissen, dass wir einen Mediziner an Bord haben. Falls es einen Notfall gibt, dürfen wir Sie in Anspruch nehmen?«

»Gewiss, gewiss. Mein Name ist Hutton. Es würde mich freuen, wenn ich helfen kann.« Der Arzt tippte seinen Hut an und ging die Anlegeplanke hinauf.

Genau in diesem Augenblick legte sich eine Hand auf Libbys Schulter.

Unheimliche Gedanken

Es sieht so aus, als ob ihr zwei gute Arbeit geleistet hättet«, lobte Kapitän Norstad.

»Danke, Sir«, antwortete Caleb respektvoll.

In diesem Augenblick bemerkte Libby, wie ein Mann und eine Frau, welche die warme, schwere Kleidung von Einwanderern trugen, auf die *Christina* zusteuerten. Ein Mädchen etwa in Libbys Alter trottete hinter ihnen her.

Nicht weit vom Dampfschiff entfernt stand der Mann still und starrte die Buchstaben auf dem großen Holzkasten, der das Schaufelrad umgab, an. »Ja. Die *Christina*. Das hat der Mann gesagt.«

Vor Herrn Martin stellte der Einwanderer seinen Schrankkoffer hin. »Guten Tag«, grüßte er. »Fahren Sie ins Minnesota-Territorium?«

»Wir laufen um vier Uhr aus«, antwortete Herr Martin.

Unter seinen vielen Kleiderschichten zog der Mann einen Geldbeutel hervor. »Franz Meyer«, stellte er sich vor, woraufhin Herr Martin zu schreiben begann. Herr Meyer nickte zu seiner Frau, dann zum weißblonden Mädchen. »Frau Meyer. Unsere Tochter Elsa.«

Bevor Herr Meyer den Preis für die Fahrt bezahlen konnte, trat Libbys Vater zu ihm hinüber. »Ich bin der Kapitän«, sagte er. »Es tut mir leid, aber es sind keine Plätze mehr frei.«

»Bitte, Herr Kapitän«, antwortete Herr Meyer in gebrochenem Englisch. »Jemand hat mir gesagt, dass

Sie ein ehrbarer Mann sind. Dass die *Christina* gut ist für –« Er machte eine Handbewegung in Richtung seiner Frau und Tochter.

»Wir versuchen, familienfreundlich zu sein«, antwortete Kapitän Norstad.

»Er sagte, dass wenn ich meine Familie zu Ihnen bringe, dass ich dann sicher bin vor –« Herr Meyer machte eine Pause. Als würde es ihm helfen, das richtige Wort zu finden, hielt er seinen Geldbeutel hoch.

Kapitän Norstad begriff. »Vor den Taschendieben, die alles zu stehlen versuchen, was Sie besitzen. Wenn sie uns bekannt sind, lassen wir sie nicht auf die *Christina*.«

»Ja.« Herr Meyer sah erfreut darüber aus, dass der Kapitän ihn verstand. »Wir müssen ins Minnesota-Territorium gehen. Nach Red Wing müssen wir gehen.«

»Es tut mir leid«, antwortete Kapitän Norstad. »Alle Kajüten sind besetzt.«

»Wir wollen auf Deck sein«, erwiderte Herr Meyer. »An irgendeinem kleinen Plätzchen. Bitte, Herr Kapitän, ich muss gutes Land finden, bevor alles weg ist.«

Kapitän Norstad seufzte. »Ich möchte Ihnen helfen, aber wir sind bereits überfüllt.«

Plötzlich trat Frau Meyer vor. »Bitte, Herr Kapitän. Wir brauchen nicht viel Platz. Ich.« Sie zeigte auf sich, dann auf das Mädchen in Libbys Alter. »Elsa.«

Elsa sah dünn genug aus, um jeden Augenblick verschwinden zu können. Unter ihren blauen Augen befanden sich leichte graue Schatten, als wäre ihre blasse Haut von Holzkohle verschmutzt worden. Libby starrte das Mädchen an, und ihre Blicke trafen sich. Als Elsa lächelte, erhellte sich ihr Gesicht.

»Ich will das Schiff nicht so stark beladen, dass es nicht mehr sicher ist«, erklärte Kapitän Norstad.

»Wir haben nicht viel Gepäck.« Herr Meyer blickte zum Schrankkoffer auf dem Boden. Seine Frau hielt einen großen Stoffkoffer mit Griffen nach vorn, und Elsa zeigte eine kleinere Reisetasche.

Oh, nimm sie mit, Papa!, hätte Libby am liebsten gerufen. Schon nur, wenn sie Elsa anschaute, war sie sich sicher, dass sie Freundinnen werden konnten. Aber Libby hütete sich davor, sich in die Angelegenheiten ihres Vaters einzumischen.

Einen Augenblick lang dachte Kapitän Norstad nach. Schließlich nickte er. »Willkommen an Bord, Herr Meyer, Frau Meyer, Elsa. Wir hoffen, dass Sie mit uns eine angenehme Reise haben werden.«

Ein dankbares Lächeln machte sich auf Herrn Meyers Gesicht bemerkbar. Als wollte er die neuen Passagiere ebenfalls begrüßen, kam Samson langsam näher. Mit der Handfläche nach oben hielt Elsa ihm die Hand hin, und Samson schnupperte daran.

Da sie befürchtete, dass er hochspringen würde, legte Libby ihm die Hand auf den Hals und vergrub die Finger in seinem langen Fell.

»Er ist dein Hund?«, fragte Elsa.

»Mein Hund«, antwortete Libby. »Er heißt Samson.«

»Samson«, wiederholte Elsa mit starkem Akzent. »Guter Hund.«

Als sich Samson näher heranschob, streichelte Elsa seinen Kopf. Samsons großes Maul schien seine Zufriedenheit auszudrücken.

Elsa lachte. »Du willst mein Freund sein, ja?«

Samsons sanftes Bellen schien ein »Ja« zu sein, und Elsa lachte erneut.

»Ich möchte einen Teil der Fahrtkosten abarbeiten«, sagte Herr Meyer zu Kapitän Norstad.

Libbys Vater nickte, und Herr Martin trug die Namen der Familie auf seiner Liste ein. Als das Geld den Besitzer wechselte, wusste Libby, dass es weniger als der übliche Preis war, da Herr Meyer beim Holztragen helfen würde, wenn das Dampfschiff auftankte.

»Danke«, sagte er schließlich mit einem starken deutschen Akzent. Nachdem er dem Kapitän die Hand geschüttelt hatte, wuchtete Herr Meyer seinen Schrankkoffer erneut auf die Schulter.

Als Familie Meyer die Anlegeplanke hinaufging, wollte Samson ihnen folgen. Doch Libby rief ihn zurück, und er blieb stehen. Nur seine Augen folgten der Familie, bis sie hinter der Fracht auf dem Deck verschwunden war.

»Keine weiteren Passagiere mehr!«, befahl der Kapitän Herrn Martin. »Keine einzige Person. Kein einziges Stück Frachtgut mehr.«

»Es gibt immer noch einige freie Plätze an Deck, Sir«, antwortete Herr Martin. »Die meisten Kapitäne nehmen so viele Menschen mit, wie sie bekommen können.«

»Und die Einwandererfamilien sitzen so nah aufeinander, dass sie ihre Kinder über Bord verlieren.«

»Nicht, wenn die Eltern auf sie achtgeben, Sir. Wenn sie –«

Der Blick des Kapitäns ließ ihn mitten im Satz innehalten. »Wollen Sie meine Befehle infrage stellen?«

»Ja, Sir«, sagte Herr Martin schnell. »Ich meine: Nein, Sir.«

»Dann verstehen wir uns.« Als Kapitän Norstad die Anlegeplanke hinaufging, trat auch Libby ihm aus dem Weg.

Wie um seinen Fehler wiedergutzumachen, verbeugte sich Herr Martin vor Libby. Caleb trat zwischen sie.

»Ich muss die Passagierliste prüfen.« Caleb streckte die Hand aus und nahm die Liste entgegen, als bestünde kein Zweifel daran, dass er die Berechtigung hatte, sich die Liste anzusehen. Schnell blätterte er durch die Seiten und überflog die lange Liste der Deckpassagiere.

Falls Riggs an Bord gekommen war, ließ sich Caleb nicht anmerken, dass er es wusste. Schließlich gab er Herrn Martin die Liste zurück. Als er und Libby die Anlegeplanke hinaufgingen, flüsterte Caleb ihr leise ins Ohr: »Ich werde mir auch die Liste der Passagiere der Ersten Klasse einmal ansehen.«

»Dann suche ich Elsa.« Libby wollte sich gerne mit ihr anfreunden.

Das Hauptdeck war voller Frachtgut und voller Holzstöße, die zum Aufheizen der Kessel benötigt wurden. Die Deckhelfer hatten für die Passagiere der Ersten Klasse einen schmalen Weg frei gelassen, damit diese die Treppe zum oberen Deck erreichen konnten. Abgesehen von diesem Weg gab es nur schmale Zwischenräume, wo man gehen konnte. Als Libby sich einen Weg bahnte, folgte Samson ihr dicht auf den Fersen.

Plötzlich stieß einer der Deckhelfer mit Libby zusammen. »Pass auf, wo du langgehst!«, sagte er rau, dann hielt er inne. »Entschuldigung, Fräulein«, murmelte er schnell, als er bemerkte, dass es die Tochter des Kapitäns war.

Da ging Samson an Libby vorbei und zwängte sich durch schmale Zwischenräume, die Libby fast nicht registrierte. Während sie dem Hund folgte, hielt Libby nach Elsa und ihrer Familie Ausschau.

Die Deckpassagiere hatten sich zwischen den Fässern und Kisten wohnlich eingerichtet, wo sie gerade ein paar Zentimeter freien Platz fanden. Auf den meisten Dampfschiffen schliefen die Deckpassagiere einfach dort, wo sie gerade konnten. Um ihnen bessere Plätze zur Verfügung zu stellen, hatte Kapitän Norstad die ungewöhnliche Maßnahme ergriffen, in einem kleinen Raum auf dem Hauptdeck Kojen herrichten zu lassen.

Als Libby dort nachschaute, fand sie alle Kojen bereits von den Deckpassagieren besetzt, die zuerst auf der *Christina* waren. Kurz darauf führte Samson Libby zu Familie Meyer. An einer Seite in der Nähe des Maschinenraums, am Rand des Decks, hatte Herr Meyer einen Platz für seine Familie eingerichtet.

Frau Meyer saß auf dem Schrankkoffer. Die verängstigte Kuh eines anderen Passagiers befand sich direkt dahinter, und Libby beobachtete, wie die Kuh gerade ihren Schwanz in Frau Meyers Gesicht schlug.

Herr Meyer war auf einen Holzstoß in der Nähe geklettert. Wenn er in dem engen Zwischenraum zwischen dem Holz und dem darüberliegenden Deck lag, musste er achtgeben, dass er sich den Kopf nicht anstieß. Sobald sich die Schaufelräder in Bewegung setzten, würde er die Vibration am ganzen Körper spüren.

Was noch schlimmer war: Die Familie befand sich in der Nähe der Dampfmaschinen und Heizkessel. Nicht nur, dass es dort ziemlich laut war – es war auch sehr gefährlich: Wenn die Heizkessel explodierten, waren es meistens die Deckpassagiere, die schwer verletzt oder sogar getötet wurden.

Doch Elsa machte Libby am meisten Sorgen. Sie saß auf den Reisetaschen, nur einen knappen Meter vom Rand des Decks entfernt und etwa einen halben Meter über dem Fluss, ohne schützende Reling dazwischen.

Genau das wollte Papa nicht! Libby schluckte bei Elsas Anblick. Ein Ruck des Dampfschiffs genügte, und Elsa würde ins kalte Wasser stürzen und vielleicht nie wieder auftauchen.

Was, wenn die »Christina« auf eine Sandbank aufläuft oder auf einen großen Baumstumpf trifft? Libby wollte nicht daran denken. Doch eines wusste sie: *Wenn Papa sie nicht an Bord genommen hätte, hätten sie ein noch überfüllteres Schiff gefunden.*

Libby versuchte, ihre Angstgefühle beiseitezuschieben. »Bitte«, sprach sie Elsa an. »Wenn wir losfahren, komm weg vom Rand.«

»Vom Rand?« Offensichtlich verstand das andere Mädchen den englischen Ausdruck nicht.

»Vom Wasser«, sagte Libby. Sie zeigte nach unten. »Du fällst hinein.«

Diesmal verstand Elsa sie. Sie nahm die Reisetaschen und zeigte auf einen schmalen Zwischenraum neben ihrer Mutter auf dem Schrankkoffer.

»Dort ist es sicher?«, fragte Elsa. Libby nickte.

»Dann sitz du dort«, sagte Elsa. »Und ich sitze auf dem Schrankkoffer, wenn du gehst.« Als sich Libby auf den Schrankkoffer zwängte, setzte sich Elsa erneut neben das Wasser.

»Woher kommst du?«, fragte Libby, obwohl sie es zu wissen glaubte.

Elsa lächelte schüchtern, als wollte sie Freundschaft schließen. »Meine Familie und ich, wir kommen aus Deutschland«, erklärte sie mit einem leicht deutschen Akzent.

»Du sprichst gut Englisch«, sagte Libby.

Elsa nickte. »Bevor wir kommen, üben wir. Jeden Tag haben wir Unterricht auf dem Schiff.«

Während die Mädchen sich unterhielten, stand Frau Meyer auf und bat Libby, sich ebenfalls zu erheben.

Frau Meyer öffnete den Koffer und nahm einen Teller und danach ein Glas Heringe heraus. Wie andere Deckpassagiere auch hatte Familie Meyer ihr Essen selbst mitgebracht. Während sie ihnen zuschaute, fragte sich Libby, wie das Essen nur für die ganze Reise reichen konnte.

Frau Meyer legte vier kleine Stücke Hering mit der Gabel auf den Teller, wobei sie den Schrankkoffer als Tisch benutzte. Als sie und Libby ihre Plätze auf dem Schrankkoffer wieder einnahmen, rutschte Herr Meyer vom Holzstoß herunter und stellte sich neben Libby.

»Wir feiern«, sagte er. »Wir sind auf dem Schiff ins Minnesota-Territorium. Gott hat uns bis hierher gebracht.«

Als er den Kopf zum Gebet neigte, taten die anderen es ihm gleich. Nachdem er das Essen gesegnet hatte, hielt Herr Meyer Libby den Teller hin. »Magst du Hering auch?«

»Ja«, sagte Libby. Dann hielt sie sich zurück. *Ich kann ihnen nicht das wenige Essen wegnehmen, das sie haben.*

»Danke«, sagte sie schnell. »Das ist sehr freundlich von Ihnen, aber ich habe gerade zu Mittag gegessen.« Statt ein Stück zu nehmen, reichte sie den Teller an Frau Meyer weiter.

Die ganze Familie aß sehr langsam, jeden Bissen genießend. Als sie fertig waren, blieb das kleine Stück Hering, das Libby nicht gegessen hatte, auf dem Teller. Sorgfältig steckte Frau Meyer es mit der Gabel wieder ins Glas zurück.

***

Kurz darauf gesellte sich Caleb zu ihnen. Er lächelte Elsa an und sprach dann mit Libby. »Dein Papa will, dass wir unsere Aufgaben erledigen, bevor wir Saint Louis verlassen. Er sagte, wir sollten den Gerichtssaal besuchen, wo Dred Scott die erste Klage eingereicht hat, um seine Freiheit zu erlangen.«

»Was hast du über Riggs herausgefunden?«, fragte Libby, als sie und Caleb die *Christina* verließen.

»Es gibt keinen Riggs, weder auf der Liste der Erste-Klasse-Passagiere noch auf der Liste der Deckpassagiere«, berichtete Caleb ihr. »Aber das wundert mich nicht. Es ist eher unwahrscheinlich, dass er seinen richtigen Namen benutzen würde.«

Ein Angstgefühl schnürte Libby die Kehle zu. »Und wie geht's nun weiter?«

»Wir müssen suchen, bis wir ihn finden. Oder zumindest so lange, bis wir uns sicher sind, dass er *nicht* bei uns ist.«

Erneut dachte Libby an die dreihundert Menschen an Bord. »Genauso gut könnten wir nach einer Nadel im Heuhaufen suchen.«

»Ich weiß«, antwortete Caleb. »Aber wir können es versuchen. Der geeignetste Ort, um zu suchen, ist in der Hauptkajüte während der Mahlzeiten.«

Libby stimmte dem zu, aber sie war die Einzige, die das tun konnte. Jordan und Caleb aßen beide an einem anderen Ort. Doch es gab auch für Libby ein Problem. Jede Mahlzeit wurde in zwei Schichten serviert. »Wenn Riggs zu einer anderen Zeit isst als ich, sehe ich ihn nicht.«

»Das ist wahrscheinlich genau das, was er tut«, erwiderte Caleb, als sie den gepflasterten Uferdamm überquerten. »Oder Riggs könnte zu unterschiedlichen Zeiten essen, nur um uns abzuschütteln. Er weiß bestimmt, dass wir ihn suchen.«

Nicht weit von einer Reihe stolz aussehender neuer Gebäude entfernt befand sich das Gerichtsgebäude von Saint Louis. Als Libby und Caleb auf die Stufen zum Gebäude zugingen, schaute Libby sich um.

Heute hatte sich niemand zu einer Sklavenversteigerung versammelt, doch Libby erinnerte sich an ihren letzten Besuch. Hier hatten sie und Caleb Jordan zum ersten Mal gesehen. Selbstbewusst und stolz hatte er oben auf der Treppe gestanden. In jenem schrecklichen Augenblick, in dem er als Sklave verkauft wurde, hatte Jordans Auftreten Libby an fürstliche Würde erinnert.

»Wo ist er?«, fragte sie, und Caleb wusste, wen sie meinte.

»Immer noch versteckt«, antwortete er. »Jordan wird sich nicht blicken lassen, bis wir diesen Ort weit hinter uns gelassen haben.«

»Wollte er mit uns kommen?«

»Er sagte: ›Caleb, du schau dieses Gerichtsgebäude gut an. Ich will durch deine Augen es sehen.‹«

»Wo versteckt er sich?«, fragte Libby.

Caleb wich ihrer Frage aus. »Du weißt, dass ich es dir nicht sagen kann.«

Aber Libby konnte die Fragen, die sie sich in Bezug auf Jordan stellte, nicht einfach so abschütteln. »Kannst du seine Mutter irgendwie mit einer Botschaft erreichen?«, fragte sie. »Könntest du ihr überhaupt sagen, dass Jordan frei ist und plant, sie herauszuholen?«

»Es wäre wahnsinnig gefährlich«, antwortete Caleb. »Aber es gibt viele freie Schwarze, die entlaufenen Sklaven helfen. Vielleicht kennt Jordan jemanden, der eine Botschaft überbringen könnte.«

Als Caleb das große Tor des Gerichtsgebäudes aufstieß, schien er tief in Gedanken versunken zu sein. Seit er neun Jahre alt war, arbeitete Caleb bei der »Untergrundbahn«. Nun fragte sich Libby: *Wie vielen flüchtigen Sklaven hat er schon geholfen?*

Auf einem langen Flur fragte Caleb nach dem Weg zu dem Gerichtssaal, in dem die ersten beiden Dred-Scott-Prozesse abgehalten worden waren. Er und Libby erfuhren, dass der große Gerichtssaal den ganzen Westflügel eingenommen hatte. Weil die Decke besser gestützt werden musste, war dieser Teil des Gebäudes in einen Korridor und zwei kleinere Gerichtssäle aufgeteilt worden.

»Dred Scott ist ein kleiner Mann«, meinte Caleb. »Weniger als anderthalb Meter, sagt man. Aber er hat sich auf einen großen Kampf eingelassen.«

In einem der kleineren Gerichtssäle versuchte sich Libby vorzustellen, wie es für Dred Scott gewesen war. Beinahe neun Jahre lang hatte er bereits in einem freien Staat und einem freien Territorium gelebt. *Was für ein Gefühl war das, ein Sklave zu sein und vor dem hohen, langen Pult zu stehen, an dem der Richter saß? Woran dachte Dred Scott, als er um die Freiheit bat, von der er so sehr überzeugt war, dass sie ihm gehörte?*

Als Libby und Caleb wieder nach draußen gingen, war Caleb sehr schweigsam und in sich gekehrt. Das überraschte Libby, denn normalerweise brauchte Caleb wenig Zeit, um etwas zu durchdenken. Dann handelte er jeweils schnell.

Endlich öffnete Caleb den Mund und spie die Worte förmlich aus. »Eine Person wie Dred Scott – eine Person wie Jordan *Eigentum* zu nennen! Wie konnte das Oberste Gericht der Vereinigten Staaten nur ein solches Urteil fällen?«

Calebs Augen funkelten wütend. »Wenn das Oberste Gericht anders entschieden hätte, hätte es Geschichte schreiben können. Die Richter hätten sagen können: ›Unser Land glaubt an die Freiheit für *jedermann*!‹ Stattdessen treibt ihr Urteil Befürworter und Gegner der Sklaverei weiter auseinander!«

Caleb hat keine Angst davor, gründlich nachzudenken, bemerkte Libby. Diese Erkenntnis war eine Überraschung. Mehr als einmal hatte Libby Caleb den seltsamsten Jungen genannt, den sie kannte, weil er so anders war als alle, die sie bis dahin getroffen hatte. Dann hatte seine Großmutter ihr erklärt: »Um Caleb zu verstehen, musst du seine Überzeugungen verstehen.«

Seine Überzeugungen gaben Libby nun ein unbehagliches Gefühl. *Wohin werden Calebs Ansichten ihn führen? Wozu werden sie ihn verleiten?*

Zurück auf der *Christina* verließ Caleb Libby ohne ein weiteres Wort. Später suchte sie nach ihm, weil es etwas gab, was sie immer noch beschäftigte. Sie fand ihn, als er einen Deckel auf eine große Kiste nagelte. »Caleb«, sagte sie, »ich muss dich sprechen.«

Nachdem er den letzten Nagel in die Kiste geschlagen hatte, ließ Caleb sich auf ein kleines Fass fallen. Libby fand eine Lattenkiste in der Nähe. Ihre Angstgefühle schnürten ihr die Kehle zu, als sie fragte: »Was wäre schlimmer, als dass Papa ins Gefängnis kommt?«

Das geheime Versteck

Caleb starrte sie an. »Weißt du das denn nicht, Libby? Hast du keine Ahnung?«

Libby schüttelte den Kopf. »Nein, Caleb«, sagte sie leise. »Ich weiß es nicht.«

»Dann sag ich's dir. Es wäre viel schlimmer, wenn dein Papa nachgäbe.«

»Wenn er nachgäbe?«, fragte Libby, nicht sicher, wovon Caleb sprach.

»Dein Papa steht für etwas«, erklärte Caleb. »Er steht für gute Dinge – die richtigen Dinge. Wenn er seine Überzeugungen aufgäbe, täten viele Leute vielleicht dasselbe.«

»Was meinst du damit?«, fragte Libby.

»Dein Papa glaubt, dass alle Leute frei sein sollten.«

Libby nickte. Das wusste sie.

»Aber er glaubt es nicht nur mit dem Kopf«, fuhr Caleb fort. »Er glaubt es mit dem Herzen. Dein Papa ist davon überzeugt, dass er entlaufenen Sklaven helfen soll, auch wenn es ihn etwas kostet.«

»*Etwas* kostet!«, rief Libby aus. »Es könnte ihn sehr viel kosten!«

»Jepp!«, stimmte ihr Caleb zu. »Es könnte ihn alles kosten.«

»*Alles?*«, flüsterte Libby. Ihre Zunge war wie gelähmt vor Schreck, und sie stolperte über die Worte. »Verstehe ich, was du meinst?«

»Vielleicht.« Calebs blaue Augen trafen sich mit den ihren, und er schaute nicht weg.

»Willst du damit sagen, dass Papa für seine Überzeugungen mit dem Leben bezahlen könnte?«

»Er wäre nicht der Erste.«

»Elijah Lovejoy«, antwortete Libby. »Dieser Zeitungsherausgeber aus Alton in Illinois.«

Caleb nickte. Elijah Lovejoy war Calebs Idol, ein Journalist, der sich für seine Überzeugungen eingesetzt hatte.

Für Libby konnte es nichts Schlimmeres geben, als dass Papa etwas zustieß. *Er ist mein ganzes Leben!*

Als Libby Tränen in die Augen stiegen, wandte sie sich ab. Caleb sollte nicht sehen, dass sie weinte. Stattdessen überraschte er sie. »Libby«, sagte er sanft, »ich habe deinen Vater auch sehr lieb.«

Libby drehte sich wieder zurück. Ihre Sicht war durch die Tränen verschwommen, und sie brachte kein Wort heraus.

»Nach dem Tod meiner Eltern lebte ich bei Oma«, erklärte Caleb. »Sie musste Geld verdienen, um uns beide über die Runden zu bringen. Dein Papa gab Oma einen Job als Chefkonditorin auf der *Christina*. Er gab sogar mir eine Möglichkeit, als Schiffsjunge Geld zu verdienen.«

Caleb lehnte sich nach vorn, als wollte er sicherstellen, dass Libby ihn verstand. »Dein Papa ist nett, Libby. Er ist der netteste Mann, den ich kenne. Deshalb ist es ihm so wichtig, was mit Sklaven geschieht.«

Libby hatte bereits von der ungewöhnlichen Abmachung zwischen Caleb und ihrem Vater erfahren. Da sie bezüglich Sklaverei dasselbe glaubten, vertraute Papa Caleb die Aufgabe an, flüchtigen Sklaven zu helfen. Ohne über jeden entlaufenen Sklaven zu sprechen, der an Bord der *Christina* kam, stimmte Papa dem zu, was Caleb zu deren Schutz tat. Dies wiederum schützte Papa, wenn Sklavenfänger ihn befragten.

Libby kämpfte hart gegen den neuen Schwall von Tränen an, der ihr Gesicht zu überschwemmen drohte. Erneute drehte sie sich weg.

»Schau mich an, Libby.« Caleb klang viel älter als seine vierzehn Jahre. Er wartete, bis sie ihm in die Augen sah. »Dein Papa ist äußerst vorsichtig. Er geht keine törichten Risiken ein. Aber du vergisst etwas. Es ist Gott, der auf ihn achtgibt.«

Gott?, dachte Libby. *Wie kann Gott für Papa genug Schutz bieten?*

»Dein Papa ist für mich wie ein Vater, Libby.« Calebs Stimme war nun leise. »Wie ein richtiger Papa. Falls ihm etwas zustoßen würde, träfe es mich auch.«

Libby versuchte, den Kloß in ihrem Hals hinunterzuschlucken. »Danke, Caleb«, sagte sie und verschluckte sich an den Worten.

Libby ging in Richtung Treppe und brach in Schluchzen aus. Als sie schließlich das Texasdeck erreichte, konnte sie kaum noch sehen, wohin sie trat. In ihrer Kajüte warf sich Libby bäuchlings aufs Bett.

Nein! Papa wird NICHTS geschehen! Libbys Körper wurde von Schluchzern erschüttert. *Er wird sich für seine Überzeugungen einsetzen, aber es wird ihm nichts zustoßen!*

Als Libby endlich zu weinen aufhörte, war um die *Christina* herum die Dämmerung hereingebrochen. Das schöne weiße Dampfschiff war aus Saint Louis ausgelaufen, ohne dass sie es gemerkt hatte.

Libby stand stolpernd auf und benetzte sich das Gesicht mit Wasser. Ihre Haut war fleckig, und ihre Augen waren geschwollen, aber Libby war froh, dass Caleb es ihr erklärt hatte.

Als sie ein Kratzen hörte, schaute Libby aus dem Fenster. Samson stand draußen. Libby öffnete die Tür, ließ sich auf die Knie fallen und schlang die Arme um seinen Hals.

Zuerst hatte sie den riesigen Neufundländer nicht gewollt. Nun schien er wie der beste Freund auf der ganzen Welt. Als ob er verstand, dass Libby traurig war, streckte Samson seine lange Zunge heraus und versuchte, Libby das Gesicht zu lecken. Sie wich jedoch zurück. »Oh, igitt!«

Samsons breites Grinsen reichte von einem Ohr bis zum anderen. Obwohl er sie tröstete, sprangen ihre Gedanken vorwärts. *Wo versteckt sich Jordan?*, fragte sie sich zum vielleicht hundertsten Mal. *Wenn ich sein Geheimversteck finden könnte, wüsste ich, wo sich wahrscheinlich alle flüchtigen Sklaven verstecken.*

***

Mitten in der Nacht erwachte Libby. Ihr war kalt bis auf die Knochen. Fröstelnd zog sie sich die Steppdecken über den Kopf, rollte sich wie zu einer Kugel zusammen und versuchte, wieder einzuschlafen.

Doch der Schlaf wollte nicht kommen. Sogar hier, hoch oben auf dem Texasdeck, spürte sie eine leichte Vibration, die durch die Schaufelräder erzeugt wurde. Wie fühlte es sich wohl für Herrn Meyer an, der auf dem Holzstoß schlief und die Erschütterung in allen Knochen spürte?

Und Frau Meyer? Wenn sie sich im Schlaf zurücklehnte, stieß sie an die Kuh. Aber wie stand es um Elsa? War sie dem Rand des Decks ferngeblieben?

Ihre neue Freundin war so blass – und dünn dazu. Libby fürchtete sich bei dem Gedanken an die Kälte, die der Familie bevorstand, wenn sie nordwärts fuhren. Sogar hier, nicht weit oberhalb von Saint Louis, drang die feuchte Nachtluft durch die Fenster. Da es in ihrer Kajüte keine Heizung gab, konnte sich Libby nur mir ihren Steppdecken vor der Kälte schützen. *Hat Elsa überhaupt Decken?*

Libby versuchte sich daran zu erinnern, wie groß der Schrankkoffer der Familie war. Er enthielt Esswaren sowie Werkzeuge für ein neues Leben. Wie viele Decken konnten da drin sein? Nicht viele, das wusste Libby – wenn überhaupt welche.

Sie werden sich um den Ofen im Raum für Deckpassagiere versammeln, sagte sich Libby. Auch in dieser Hinsicht war ihr Vater ungewöhnlich, da er für die Deckpassagiere einen Ort einrichten ließ, wo sie sich wärmen konnten. Doch diejenigen, die zuerst da gewesen waren, würden ihren Platz kaum hergeben.

Ich könnte Elsa eine Steppdecke bringen. So schnell, wie der Gedanke gekommen war, schob Libby ihn wieder beiseite. *Je weiter wir nach Norden kommen, desto kälter wird mir sein. Ich brauche jede Decke, die ich habe.*

Als Libby sich umdrehte, raschelten die trockenen Getreidehülsen in ihrer Matratze. Die über das Bettgestell gespannten Seile sorgten dafür, dass ihre Matratze bequem blieb. Jeden Morgen zog Libby diese Seile fest, wenn sie ihr Bett machte.

Schlaf tief und fest! Libby musste beinahe lachen.

Dankbar für Papas Fürsorge kuschelte sich Libby tiefer in die Decken. Dann fragte sie sich: *Heißt das, dass Elsas Vater nicht für sie sorgt?*

Erneut schob Libby den Gedanken beiseite. Herr Meyer tat alles, was er konnte. Wie andere Einwanderer auch wollten er und seine Familie ihr altes Leben hinter sich lassen. Sie hatten für ihren Traum von einem besseren Leben in Amerika all ihren Besitz aufgegeben.

Beschämt gab sich Libby einen Ruck und stand auf. Als ihre Füße den kalten Boden berührten, kribbelten ihre Zehen. Schnell zog sie sich an und tastete dann in der Dunkelheit nach ihrer wärmsten Steppdecke.

Leise öffnete Libby die Tür. Samson lag draußen auf dem Deck. Als Libby die Treppe hinunterging, folgte er ihr.

Das Hauptdeck war noch überfüllter als am Tag. Im Mondlicht sah Libby die Leute dicht zusammengedrängt, wo sie gerade einen Platz zum Schlafen finden konnten.

Tiefe Schatten trübten die Sicht. Während Libby sich bemühte, den Weg zu finden, trat sie auf jemanden.

»Au!«, brummte er. »Pass auf, wo du hintrittst!«

»Entschuldigung!«, sagte Libby und ging weiter. Doch als sie auf noch jemanden trat, wusste sie, dass es sinnlos war, auf diese Weise weiterzusuchen. Sie beugte sich nach unten und sprach Samson ins Ohr. »Such Elsa.«

Zwischen Fässern, Kisten und schlafenden Passagieren suchte sich Samson einen Weg. Libby trat immer auf dieselben Stellen wie Samson. Als sie zum langen Blechofen gelangten, der für die Deckpassagiere gedacht war, sah Libby ihre Befürchtung bestätigt. Elsa befand sich nicht unter den vielen Menschen, die sich um den Ofen pferchten.

Samson führte Libby weiter, und schließlich kamen sie zu Familie Meyer. Herr Meyer lag zuoberst auf dem unebenen Holzstoß. Frau Meyer saß an die Kuh gelehnt auf dem Schrankkoffer, und Elsa hatte sich neben sie gequetscht. Ihre Mutter hatte den Arm um sie gelegt, doch Elsa umarmte sich selbst, wie um warm zu werden. Ihre Augen waren weit geöffnet, und sie zitterte vor Kälte.

Schnell legte Libby ihr die Steppdecke um die Schultern. Als Libby sie zudeckte, zog Elsa die Decke so zurecht, dass sie auch ihre Mutter schützte.

»Danke, Libby.« Elsa klapperte mit den Zähnen. »Ich kann nicht genug danken.«

Als Libby sich umdrehte, um wieder zu gehen, kam ihr in den Sinn, dass ganz in der Nähe von Familie Meyer ja der Maschinenraum war. *Vielleicht wäre es einfacher, dort langzugehen*, dachte sie. *Auf jeden Fall gäbe es dort mehr Platz.* Sie konnte durch die Tür auf der Seite des Decks hineinkommen und dann durch den Frachtraum gehen.

Der ganze Maschinenraum vibrierte durch das Klatschen der großen Schaufelräder und durch die Maschinen im Raum selbst. Hier und da hing eine Laterne, damit es zum Arbeiten genug hell war.

Libby und Samson schlichen lautlos an den Arbeitern vorbei. Ein Mann hob die Hand zum Gruß. Die anderen arbeiteten ohne aufzuschauen weiter.

Bald gelangte Libby durch die zweite Tür in den Frachtraum. In der Nähe der Maschinen am Ende dieses Raums bemerkte Libby eine offene Falltür. Die hölzerne Tür war nach außen geklappt, sodass ein Loch im Boden klaffte.

Seltsam, dachte Libby. *Diese Falltür habe ich noch nie gesehen.* Sie trat zurück und betrachtete die Tür genauer. *Wie wird sie normalerweise verborgen?*

In der Nähe war eine kleine, aber schwer aussehende Maschine. Wie um ihr mehr Festigkeit zu verleihen, war die Maschine auf einem Holzsockel befestigt. Libbys Neugier war geweckt. Libby nahm eine Laterne aus dem Maschinenraum und näherte sich der Öffnung.

Libby stellte die Laterne auf den Boden und kniete sich hin. Mit beiden Händen drückte sie gegen den Holzsockel. Plötzlich bewegte er sich!

Mit angehaltenem Atem untersuchte Libby den Mechanismus genauer. Ganz zweifellos ließ sich die Maschine ohne große Anstrengung bewegen.

Mit wachsender Erregung hielt Libby die Laterne erneut hoch. Wenn die Falltür geschlossen wäre, könnte die Maschine an ihren Platz über der Falltür geschwenkt werden!

Ich hab's!, jubelte Libby. Sie hätte singen, tanzen, schreien können vor Freude. *Ich habe Jordans Versteck gefunden!* Nun würde Caleb sie bei der »Untergrundbahn« mitmachen lassen müssen.

Voller Freude hielt Libby die Laterne über das Loch. Eine Leiter führte nach unten und verschwand in der Dunkelheit. Der Raum dort unten befand sich zwischen der Außenwand des Schiffs und einer langen Holzwand, die sich vom Bug der *Christina* bis zu ihrem Heck erstreckte.

Irgendwie hatte hier jemand einen geheimen Raum eingerichtet – oder möglicherweise mehr als einen! Was auch immer getan worden war – Riggs und seine Helfer mussten diesen versteckten Zwischenraum im Rumpf übersehen haben.

Zum ersten Mal fragte sich Libby, warum die Falltür offen war. Um den Fluchtweg frei zu halten? Damit entlaufene Sklaven nicht eingeschlossen waren? Wenn die *Christina* mit etwas zusammenstoßen würde, würde sich der Frachtraum sofort mit Wasser füllen.

Libby wusste, dass Caleb Herrn Osborne, dem Ersten Ingenieur, vertraute. Stellte Osborne nur Männer ein, die das geheime Versteck nicht verraten würden?

Immer noch mit der Laterne in der Hand streckte Libby ihren Fuß nach unten und stellte ihn auf eine Leitersprosse. Dann bemerkte sie, dass sie die Leiter nur hinabsteigen konnte, wenn sie beide Hände benutzte.

Also stellte sie die Laterne so nah bei der Öffnung hin, wie sie es wagen konnte, und kletterte hinunter. Über ihr bellte Samson leise, als warne er sie davor hinunterzuklettern. Wie ein Wächter, der sie nicht aus den Augen ließ, stand er oben und spähte ins Loch.

Etwa anderthalb Meter weiter unten betrat Libby den Boden des Schiffsrumpfs. Der Raum war schmal, wahrscheinlich nur etwa einen Meter breit. Samson streckte seine Vorderpfote nach der ersten Leitersprosse aus.

»Bleib«, sagte Libby, da sie fürchtete, dass er sich verletzen könnte, wenn er in den engen Zwischenraum springen würde. Samson trat zurück, doch er winselte, weil er ihr folgen wollte.

»Bleib«, befahl Libby erneut. Samson ließ sich auf den Bauch fallen und gab Libby dadurch mehr Licht. Trotzdem konnte sie nicht viel sehen, wenn sie um sich blickte.

Auf einer Seite spürte Libby die Holzbalken des Schiffsrumpfs. Auf der anderen Seite befand sich die starke Holzwand, die sich vom Bug bis zum Heck erstreckte. Dort konnte unmöglich eine Öffnung sein.

Auf den verbleibenden zwei Seiten spürte Libby massives Holz. *Es muss eine Tür geben!*, dachte sie. *Oder vielleicht zwei Türen, auf jeder Seite eine. Türen, die zu einem Versteck führen!*

Von ihrem Standort neben der Leiter blickte Libby nach oben. Die Laterne erleuchtete das Loch nur schwach. Libby nutzte das wenige Licht und drehte sich zur soliden Wand zu ihrer Linken.

Sie streckte sich so hoch, wie sie konnte, und fuhr mit den Fingern über das Holz. Da sie nichts fand, bewegte sie die Hände weiter nach unten und ging wieder von einer Seite zur anderen. Immer wenn sie mit den Fingern eine unebene Stelle spürte, drückte sie auf das Holz und tastete um diese Stelle herum alles ab, um einen eventuell verborgenen Riegel zu finden.

Sie hatte beinahe den untersten Teil der Wand erreicht, als Samson jaulte. Libby schaute auf und sah, dass er aufgestanden war, wie um sie zu warnen. Augenblicke später hörte Libby Schritte. Schnell entfernte sie sich von der Leiter. Als sie sich in den dunkelsten Schatten kauerte, hörte sie eine Stimme.

»Du suchst wohl nach Mäusen?«, fragte ein Mann Samson.

Mäuse?, dachte Libby.

Erneut jaulte Samson. Er schien Libby anzuflehen, heraufzukommen. Im nächsten Augenblick hörte sie, wie die Falltür dumpf aufschlug. Als Libby von vollständiger Dunkelheit umgeben wurde, stieg ein Schrei in ihrer Kehle hoch.

Unsichtbare Ungeheuer

Schnell unterdrückte Libby den Schrei. *Ich darf keinen Lärm verursachen!*, sagte sie sich wiederholt.

Ich sollte nicht hier unten sein! Was ist, wenn Gefahr droht? Was ist, wenn jemand die Falltür geschlossen hat, weil die »Christina« durchsucht wird?

Was auch immer sie tat – Libby durfte das Versteck nicht verraten. Doch schreckliche Angst machte sich in ihr breit – eine größere Angst, als sie je gekannt hatte.

Libby begann zu zittern. Um sich zu beruhigen, atmete sie tief ein, doch ihre Panik wich nicht.

Ich will mutig sein, dachte Libby. *Aber wie kann ich mutig sein an einem solchen Ort?*

Schützend hielt sich Libby die Hände vors Gesicht. Als sie spürte, dass ihre Finger vor den Augen zitterten, wusste sie, wie sehr sie sich fürchtete.

Im nächsten Augenblick betete sie, wie sie nie zuvor gebetet hatte. *Kann Gott mich in diesem dunklen Loch hier unten sehen? Weiß er, wie sehr ich mich fürchte?*

Wenn doch nur Samson bei mir wäre! Er würde versuchen, mir das Gesicht zu lecken und mich zum Lachen zu bringen.

Dann erkannte Libby, dass dieser Wunsch überhaupt nichts nützte, denn Samson war nicht da. Sie musste versuchen, einen Ausweg zu finden.

Als sie in der Dunkelheit um sich tastete, fand Libby die Leiter. Libby hielt sich mit beiden Händen fest und begann hochzusteigen. Bald stieß sie mit dem Kopf gegen die Falltür.

Während sie sich bemühte, auf der Leiter das Gleichgewicht zu behalten, streckte Libby die Hände nach oben. Mit aller Kraft drückte sie. Die Falltür bewegte sich nicht.

Libby hämmerte gegen das Holz. *Vielleicht klemmt es einfach!*

Doch all ihr Hämmern nützte nichts. Schon nach kurzer Zeit schmerzten Libby die Knöchel, und sie musste aufhören.

»Samson!«, rief sie, ohne daran zu denken, dass die falsche Person sie hören konnte. Falls Samson da war, reagierte er nicht mit Bellen.

Dann besann sich Libby. *Es ist mitten in der Nacht! Niemand wird wissen, dass ich verschwunden bin!*

Langsam stieg Libby die Leiter wieder hinunter. Die Sprossen gaben ihr Orientierung, und Libby kniete sich auf den Schiffsrumpf. Sie wandte sich nach links und fuhr mit den Fingern über das untere Drittel der Wand. Erneut drückte Libby auf jede kleine Delle im Holz, um eine geheime Öffnung zu finden.

Schließlich wurde Libby fündig, doch hätte sie es beinahe gar nicht bemerkt. Nah am Boden befand sich eine so kleine Öffnung, dass Libby sie fast übersehen hätte. *Ist es ein Mauseloch?*, fragte sich Libby. Die Größe stimmte. Libby fürchtete sich davor, den Finger hineinzustecken. *Vielleicht werde ich von einer Maus gebissen!*

Doch Libby wusste, dass sie keine andere Wahl hatte. Jederzeit damit rechnend, dass sich scharfe Zähne hineinbohren würden, schob Libby ihren Finger ins Loch. Auf der anderen Seite der Mauer spürte sie ein kleines, aber stabiles Stück Holz.

Mit wachsender Erregung streckte Libby den Finger so weit in beide Richtungen, wie sie konnte.

Ein Riegel! Es muss ein Riegel sein!

Nachdem sie das Holz in alle Richtungen gezogen hatte, entdeckte sie schließlich das Geheimnis. Wenn sie den Riegel an der Unterseite anstieß, ließ er sich anheben. In diesem Augenblick bewegte sich die Wand. Libby drückte gegen das Holz, und die Wand bewegte sich erneut.

Es ist eine Tür!, merkte Libby, als das Holz nach innen schwenkte. Unendlich erleichtert kroch sie durch die Öffnung.

Tastend versuchte Libby herauszufinden, wo sie war. Zu ihrer Linken waren die breiten, stabilen Außenwände des Schiffs. Zu ihrer Rechten spürte sie wieder die lange, senkrechte Holzwand. Was auch immer dieser Raum war, er verlief entlang der Seite des Schiffs.

Libby testete, ob sie aufstehen konnte. Da sie größer war als die meisten Mädchen in ihrem Alter, stieß sie mit dem Kopf gegen die Decke. Als sie sich niederkniete, bemerkte sie, dass Bretter hingelegt worden waren, um den Boden gerade zu machen.

Libby begann zu kriechen. Nach kurzer Zeit schienen die Wände des langen, schmalen Raums Libby immer näher zu kommen. Verzweifelt fragte sie sich, ob sie je einen Ausweg finden würde. *Was, wenn ich für immer hier eingesperrt bin?*

Dann flitzte etwas an ihr vorbei. Libby schrie auf. *Eine Maus? Was ist es?*

Plötzlich war sie sich ganz sicher, dass eine Maus mit

ihr zusammen hier unten war. Hatte der Mann nicht sogar gesagt, dass es hier Mäuse geben könnte?

»Mäuse«, hat er gesagt. Mehr als eine. Das ist noch schlimmer.

Libby wurde von Panik überwältigt. *Vielleicht schauen sie mich gerade jetzt an. Wenn ich die Hand ausstrecke, rennen sie darüber!*

Libbys Knie wurden weich. Erneut begann sie zu zittern. Sie war wie gelähmt und konnte sich nicht bewegen. Sie konnte nur noch an die Mäuse denken. »O Gott, hilf mir!«, rief sie verzweifelt.

In der Dunkelheit schien ihre Stimme zu verhallen. Doch in diesem Augenblick veränderte sich etwas. Von irgendwo tief innen kamen Erinnerungen an Worte hoch.

»Fürchte dich nicht.«

Hab keine Angst? Libbys Herz raste vor Angst.

»Denn ich bin mit dir.«

»Du bist bei mir?«, fragte Libby. »Hier in diesem dunklen Loch? Hier, wo niemand weiß, dass ich bin?«

»Schau nicht ängstlich umher, denn ich bin dein Gott.«

»Gott, bist du es wirklich?« Erst jetzt bemerkte Libby, dass sie laut gesprochen hatte. »Und du wirst mir wirklich helfen?«

Von irgendwo tief aus ihrem Gedächtnis kam die Antwort. *»Ich stärke dich, ja, ich helfe dir.«*

Libby klammerte sich an die Worte. Als sie sie für sich wiederholte, fühlte sie sich stärker.

Wieder huschte etwas in der Dunkelheit an ihr vorbei – ganz nah an ihr vorbei! Erneut klopfte Libbys Herz. Doch statt zu schreien, wiederholte sie die Worte Gottes immer und immer wieder. Während sie weiterkroch, versuchte sie, an Gott statt an ihre Ängste zu denken.

Endlich sah Libby vor sich ein schwaches Licht. Bald erreichte sie eine ähnliche Öffnung wie jene, durch die sie hinuntergestiegen war. Als Libby sich daranmachte, die Leiter hinaufzuklettern, schwenkte eine Laterne zu ihrem Gesicht herunter.

»Libby!« Calebs Stimme war ein Flüstern. »Was in aller Welt tust du hier?«

Libbys Kichern entsprang teilweise ihrer Nervosität. Sie war schrecklich erleichtert, Caleb zu sehen.

»Geht es dir gut?«, fragte er, als sie aus dem Loch kletterte.

Libby sah sich um. Sie war außerhalb des Gepäckraums hinter der breiten Treppe zum Kesseldeck herausgekommen. Nur Caleb und Samson waren da.

»Jetzt schon«, antwortete Libby.

Doch Caleb sah erschrocken aus. »Als Samson zu mir kam, führte er mich zur anderen Falltür – der neben dem Maschinenraum.« Caleb unterbrach sich – als ob ihm gerade bewusst wurde, dass Libby von diesem Ort eigentlich nichts wissen sollte.

»Jemand hat die Falltür geschlossen«, sagte Libby. »Hat er die Maschine wieder über die Öffnung geschwenkt?«

Als Caleb nickte, wusste Libby, dass sich zwischen ihnen etwas verändert hatte. »Samson winselte und kratzte am Sockel der Maschine. Ich öffnete die Falltür, aber du warst nicht dort.«

Erneut verrieten Calebs Augen seinen Schreck. Er war so gut darin, seine Gefühle vor Sklavenfängern zu verbergen, dass Libby Calebs Gesichtsausdruck überraschte. Ein Gefühl der Wärme erfüllte sie. *Caleb sorgt sich*, dachte sie. *Es ist ihm wichtig, was mit mir geschieht.*

»Ich wusste nicht, was geschehen war«, fuhr Caleb fort. »Du hättest von Bord gefallen sein können.«

Nachdem sie Elsa auf dem Hauptdeck gesehen hatte, wusste Libby, wie naheliegend dieser Gedanke war. »Aber das bin ich nicht«, sagte sie. »Als ich eingesperrt wurde, versuchte ich, einen Weg nach draußen zu finden.«

»Libby, was ist bloß in dich gefahren?« Caleb flüsterte, aber er war immer noch sehr besorgt. »Was ist bloß in dich gefahren, dass du mitten in der Nacht in den Frachtraum hinuntergegangen bist?«

Nun, da Libby darüber nachdachte, wurde ihr bewusst, wie dumm das gewesen war. Dann erinnerte sie sich daran, warum sie hinuntergestiegen war. »Ich wollte herausfinden, wo sich Jordan versteckte«, erwiderte sie. »Ich wollte wissen, wo du entlaufene Sklaven hinbringst, wenn jemand wie Riggs an Bord kommt.«

»Und du hast eine Maus gefunden.«

Libby nickte. Als Caleb ihr Gesicht genau betrachtete, wurde ihr bewusst, wie sie aussehen musste. Schmutzig. Ihr Kleid zerrissen. Die Wangen tränenüberströmt.

»Geht es dir gut, Libby?«, fragte er.

Über das Mitgefühl in seiner Stimme überrascht nickte Libby und brachte kein Wort mehr heraus. Eigentlich hatte sie es Caleb unter die Nase reiben wollen, dass sie das Versteck entdeckt hatte. Nun verspürte sie keinen Stolz, kein Verlangen zu sagen: »Dir hab ich's gezeigt, Caleb Whitney.«

Stattdessen erinnerte sich Libby an die Worte, die sie in der Dunkelheit gehört hatte, wie es ihr schien. *Vielleicht ist es wichtiger und von größerer Bedeutung, Gott richtig kennenzulernen, als ich dachte.*

Sie wollte Caleb fragen. Er glaubte an Gott. Er konnte es ihr sagen. Aber Libby schämte sich zuzugeben, wie wenig sie über Gott wusste.

***

Früh am nächsten Morgen merkte Libby, dass kalte Luft aus dem Norden sie erreicht hatte. Sogar jetzt, an einem sonnigen Tag, fühlte sich die Luft eher wie im Winter als wie im Frühling an. Doch bei geschlossenen Fenstern und Türen erwärmte die Sonne Kapitän Norstads Kajüte.

Als Libby sich umschaute, war sie stolz auf ihre Stellung auf der *Christina. Ich bin die Tochter des Kapitäns*, dachte sie. *Wenn Mama hier wäre, würde man sie »First Lady« nennen.* Beim Gedanken an Elsas Platzmangel auf dem Deck war Libby froh, dass sie nicht auf dem Deck des Dampfschiffs lebte.

Sobald Caleb zur Tageslektion erschien, nahm Papa eine Zeitung hervor. An der Art, wie er sie auseinanderfaltete, erkannte Libby, dass er immer noch aufgebracht war über das Dred-Scott-Urteil.

»Ich will sichergehen, dass ihr beide versteht, was das Urteil des Obersten Gerichtshofs bedeutet«, sagte er. »Taney, der Vorsitzende des Obersten Gerichtshofs, verfügte, dass Dred Scott als ein Sklave kein Bürger der Vereinigten Staaten ist. Das bedeutet, dass er kein Recht hat, bei irgendeinem Bundesgericht eine Klage zu erheben.«

»So werden einer bestimmten Gruppe von Menschen unsere fundamentalen amerikanischen Rechte verweigert!«, stellte Caleb fest. Auch er war aufgebracht.

»Das stimmt«, antwortete Kapitän Norstad. »Gemäß diesem Urteil war Dred Scott überhaupt nie frei, weil Sklaven Privateigentum sind. Es bedeutet auch, dass der Kongress kein Recht hat, die Ausbreitung der Sklaverei in neue Territorien zu verbieten.«

Kapitän Norstad ließ die Zeitung sinken. »Um zu verstehen, wie ernst diese Entscheidung des Gerichts ist, müssen wir an unsere Gründerväter denken. Was wollten sie, als sie ihre eigene Freiheit verlangten? Libby, du erinnerst dich an die Worte, nicht wahr?«

In der Schule in Chicago hatte Libby einen Teil der Unabhängigkeitserklärung auswendig gelernt. Vor einigen Wochen hatten sie, Papa und Caleb über die Worte gesprochen: »›Wir halten diese Wahrheiten für ausgemacht, dass alle Menschen gleich erschaffen worden –‹«

»Gleich!«, unterbrach Caleb sie. »Das Dred-Scott-Urteil besagt, dass Sklaven keine Grundrechte haben! Das ist, wie wenn man sagen würde, dass die einen von uns besser sind als die anderen. Und das stimmt nicht!«

Erneut dachte Libby an Elsa, die auf den Reisetaschen saß und bei jedem Ruck des Dampfers ins Wasser fallen konnte. »Aber einige Menschen *haben* mehr Vorrechte als andere«, erwiderte Libby.

Sobald die Worte ausgesprochen waren, bereute Libby, dass sie den Mund geöffnet hatte. »Ich meine, einige Menschen sind mit mehr Vorrechten geboren.«

»Du meinst Menschen wie dich?«, fragte Caleb.

Libby spürte, wie ihr die Verlegenheitsröte ins Gesicht stieg. Calebs Worte trafen sie. Sie wünschte, sie könnte sie wie eine Torte in sein Gesicht zurückwerfen.

Stattdessen hob sie den Kopf und warf ihr langes Haar zurück. Manchmal wurde Libby als »Rotschopf« gehänselt, aber in Wirklichkeit war ihr Haar rotbraun, von goldenen Strähnen durchzogen.

»Ich *mag* es, die Tochter des Kapitäns zu sein. Ist es falsch, wenn man die Stellung schätzt, in die man hineingeboren worden ist?«

Libbys Stimme zitterte. »Ist es falsch, wenn man den Vater schätzt, den man hat?«

Nun war es an Caleb, verlegen zu werden. Er warf Kapitän Norstad einen Blick zu. »Ich bin ins Fettnäpfchen getreten, nicht wahr?«

»Ja, Caleb. Was willst du nun mit deinem Fuß tun?«

Caleb sprach leise, ohne seine gewöhnliche Sicherheit. »Es tut mir leid, Libby. Ich bin froh, dass du solche Gefühle für deinen Vater hast.«

Plötzlich traten Libby Tränen in die Augen. Als er sie weinen sah, fügte Caleb hinzu: »Vergibst du mir?«

Libby zögerte, dann blickte sie zu Papa. Seine nachdenklichen Augen beobachteten sie beide. Da sie wusste, dass sie keine andere Wahl hatte, nickte Libby.

»Was ist, wenn jemand in eine Familie hineingeboren wird, die alles hat?«, fragte Kapitän Norstad. Erneut war es Libby unbehaglich zumute. Papa war zwar nicht so reich wie Tante Vi, aber Libby hatte immer alles, was sie brauchte, und noch mehr.

Papa schien zu wissen, was sie dachte, denn er wartete. »Libby?«, fragte er schließlich, als sie nicht antwortete.

Libby schüttelte den Kopf und schaute nach unten. Sie hielt die Hände auf dem Schoß und drehte den goldenen Fingerring hin und her, den Tante Vi ihr gegeben hatte. Er glitzerte im Sonnenlicht.

In der Stille, die den Raum erfüllte, wurde es Libby noch unbehaglicher zumute. Sie wusste, welche Antwort Papa von ihr erwartete. Jemand, der viele Vorrechte hatte, sollte weise damit umgehen. Doch Libby fühlte sich unsicher und traute sich nicht, in Gegenwart von Caleb darüber zu sprechen.

Ihr Vater schien dies zu spüren, denn er sagte: »Kehren wir wieder zum Dred-Scott-Urteil zurück. Falls wir einen anderen Menschen zu einem Sklaven machen, ist es, als sagten wir: ›Du kannst nicht arbeiten und aufwachsen und all das werden, wozu du die Fähigkeiten hast.‹«

»Oh!« In diesem Augenblick ging Libby ein Licht auf. »Deshalb ist es anders für Elsa! Auf dem Deck zu leben, ist hart für sie – und ich weiß, dass du das nicht willst, Papa. Aber wenn sie ins Minnesota-Territorium kommen werden, werden sie ein Zuhause und eine Farm haben und alles anbauen, was sie brauchen.«

»Nicht wie Jordan, als er ein Sklave war«, wandte Caleb ein. »Nicht wie Jordan, wenn Riggs ihn findet.«

Kapitän Norstad nickte. »Mach weiter mit der Unabhängigkeitserklärung, Libby. ›Dass alle Menschen gleich erschaffen worden –‹«

Libby nahm den Faden wieder auf. »›Dass sie von ihrem Schöpfer mit gewissen unveräußerlichen Rechten begabt worden, worunter sind Leben, Freiheit und das Bestreben nach Glückseligkeit.‹«

Weil sie schon einmal mit ihrem Vater darüber gesprochen hatte, wusste Libby nun, was das Wort *unveräußerlich* bedeutete. »Dass uns unser Schöpfer Rechte gegeben hat, die man niemandem wegnehmen sollte – Leben, Freiheit und das Bestreben nach Glückseligkeit.«

»Als unsere Gründerväter diese Worte unterzeichneten, wussten sie, dass sie sie würden verteidigen müssen«, sagte Kapitän Norstad. »Denkt als Hausaufgabe darüber nach, welche Art von Mut jedem Menschen Leben, Freiheit und das Bestreben nach Glückseligkeit ermöglicht. Denkt darüber nach, wie ihr diesen Mut in die Tat umsetzen könnt.«

Kapitän Norstad stand auf und ging aus der Kajüte, wobei er die Zeitung offen auf dem Tisch liegen ließ.

Sobald sich die Tür hinter ihm geschlossen hatte, stieß Libby einen frustrierten Seufzer aus. »Hast du je das Gefühl, dass Papas Hausaufgaben *schwierig* sind?«

Caleb saß da, schlug mit einem Stift auf den Tisch und starrte ins Leere. Dann grinste er. »Ich habe entschieden, was ich tun werde. Es wird Jordan und mir bei unserem Plan helfen, seine Mutter zu erreichen.«

»Oh, super«, antwortete Libby. »So schnell! Gratuliere!«

»Jepp.« Caleb sah so zufrieden aus wie eine Katze, die sich die Schnurrhaare leckte. »Wir sind bald in Keokuk. Ich werde in die Stadt gehen und nach dem Weg fragen, der zur Farm führt, auf der Jordans Mutter ist.«

Noch frustrierter als zuvor nahm Libby ihre Bücher in die Hand. Gerade bevor sie die Tür erreichte, sprach Caleb erneut.

»Libby, du kannst zu Recht stolz sein auf deinen Papa. Er hat einen guten Namen.«

Einen guten Namen, dachte Libby. *Was heißt das?* Erneut war es ihr zu peinlich zu fragen.

Die große Jagd

Spät an jenem Morgen stand Libby hoch oben auf der Kommandobrücke. Wie ein Pfeil zeigte der Bug der *Christina* stromaufwärts. Hinter dem Schiff strömte das Kielwasser hervor wie ein Dreieck, das immer breiter wurde.

Vor ihnen erhob sich die Stadt Keokuk in Iowa auf einem hohen, runden Kliff. Da der Fluss im Bogen darum herum verlief, sah die Steilküste beinahe wie eine Insel aus.

Als die *Christina* an der Anlegestelle festgemacht wurde, rannte Libby von der Kommandobrücke hinunter. Außer Atem erreichte sie schließlich Caleb auf dem Hauptdeck.

»Kann ich dich begleiten?«, fragte sie.

»Wenn du dich benimmst.« Caleb grinste.

»Das schaffe ich.« Libby senkte die Stimme. »Was ist mit Jordan?«

»Ich habe ihm gesagt, er solle auf dem Schiff bleiben. Wir sind dem Nordosten von Missouri, wo seine Mutter lebt, zu nahe. Riggs weiß, dass Jordan versuchen könnte, seine Mutter aufzusuchen.«

Sobald die Passagiere der Ersten Klasse die Anlegeplanke hinuntergegangen waren, folgte Caleb ihnen. Libby war nur ein paar Schritte hinter ihm.

Als er einen Stapel Frachtgut erreichte, schaute Caleb zurück. Eine große Kiste bewegte sich auf den Schultern eines großen jungen Mannes auf Caleb und Libby zu.

Wer auch immer sie trug, hielt den Kopf so tief nach unten, dass Libby nur seine Mütze sah.

»Jordan?«, flüsterte Libby.

Calebs Nicken war so leicht, dass Libby es beinahe nicht bemerkt hätte. »Ich dachte es mir, dass er nicht auf mich hören würde«, sagte er.

»Vielleicht will er mutig sein«, sagte Libby leise.

»Jordan hat viel Mut«, antwortete Caleb. »Aber im Augenblick ist er verwegen.«

»Verwegen?«, fragte Libby.

»Leichtsinnig. In törichter Weise kühn. Er handelt, ohne nachzudenken.«

Libby schaute zu, wie Jordan die Kiste absetzte und die steile Hauptstraße von Keokuk hinaufging. Caleb schlenderte in dieselbe Richtung, tat jedoch so, als kennte er Jordan nicht.

Während er von einem Geschäft zum nächsten bummelte, gab sich Caleb betont sorglos. Doch er behielt Jordan immer scharf im Auge.

Mehrmals begegnete Libby Leuten, die sie als Passagiere der *Christina* wiedererkannte. Unter ihnen war auch Doktor Hutton, der Mann, der in Saint Louis zugestiegen war. In den Stunden, die seitdem vergangen waren, hatte die *Christina* mehrere Male länger als gewöhnlich Halt gemacht. Libby hatte es nicht geschafft, den Mann auszumachen, den sie für Riggs hielt. Dass sie diesen gerade jetzt, wo sich Jordan in der Nähe aufhielt, nirgends sah, erleichterte sie.

Als Caleb zu einer Druckerei kam, führte er Libby hinein. Sie war erstaunt, dort nur eine Person vorzufinden – einen Mann namens Orion Clemens.

»Verkaufen Sie Karten?«, fragte ihn Caleb.

»Karten?« Der Mann schüttelte den Kopf. »Nö. Aber wir haben das erste Adressbuch von Keokuk gedruckt. Wäre dir das eine Hilfe?«

»Können Sie mir stattdessen den Weg erklären?« Caleb nannte eine Stadt jenseits der Grenze von Iowa im Nordosten von Missouri.

Herr Clemens ging zur Tür, trat nach draußen und zeigte mit dem Finger in eine Richtung. »Siehst du den roten Pfeil an jenem Baum? Folge ihm, bis du den nächsten Pfeil findest. Dann folgen weitere Pfeile. Ein Stückchen die Straße hinunter siehst du einen Baum mit einem Pfeil, der geradeaus zeigt, und einem, der nach links zeigt. Nimm den Pfeil nach links und geh weiter, bis du den Ort erreichst, den du suchst. Du kannst ihn nicht verfehlen.«

»Danke, mein Herr«, antwortete Caleb.

»Kann ich sonst noch etwas für euch tun? Ihr seid mit einem Dampfschiff gekommen?«

»Jepp«, sagte Caleb.

»Mein Bruder Sam ist auf dem Fluss, um Steuermann zu werden. Falls ihr ihn einmal seht, grüßt ihn schön von mir.«

»Klar, mein Herr.«

Als sich Caleb und Libby wieder auf den Weg zur *Christina* machten, sah Libby Jordan an einen Baum gelehnt. Caleb ging an ihm vorbei, und sowohl er als auch Jordan taten so, als würden sie einander nicht kennen. Doch als Libby zurückschaute, sah sie Jordan in kurzer Entfernung folgen.

In diesem Augenblick hörte Libby die kehlige Warnglocke der *Christina* – einmal lang, zweimal kurz, einmal lang. »Sie sind bereit, wieder auszulaufen«, sagte Libby.

Caleb schlug eine schnellere Gangart an. Da bemerkte Libby eine Gruppe junger Männer vor einem Plakat, das an einem Gebäude angeschlagen war. Einige der brutal aussehenden Burschen kamen ihr irgendwie bekannt vor. Mit wachsendem Unbehagen verstand Libby, weshalb. Sie war sich sicher, dass es Passagiere der *Christina* waren.

»Seht!«, sagte ein großer, blonder Junge. »Das ist eine echt große Belohnung!«

Libbys Unbehagen verwandelte sich in Furcht. Der Kerl war kräftig und rüpelhaft und wahrscheinlich etwa 19 oder 20 Jahre alt. Neben ihm stand ein anderer Junge etwa im gleichen Alter mit dunkelbraunen Haaren, der ebenfalls den Eindruck machte, als wäre er jederzeit zu einer Schlägerei bereit.

Libby ging unauffällig näher zum Plakat, um die Anzeige zu lesen, ahnte jedoch bereits, was darauf stand. Die Worte sprangen ihr regelrecht ins Auge.

$ 200.00 Belohnung.

Entlaufener Sklave, ein schwarzer Junge
namens JORDAN PARKER,
ungefähr 15 oder 16 Jahre alt,
etwa 1,80 bis 1,85 Meter groß,
zuletzt mit zerlumptem Baumwollhemd gesehen.
Kräftig gebaut, geht mit hoch erhobenem Kopf
und hat ein stolzes Auftreten …

»Zweihundert Dollar!«, rief der blonde Schlägertyp aus. »Was ich mit diesem Geld alles anstellen könnte!«

Möglichst ohne sich ihre Angst anmerken zu lassen, trat Libby zurück und sah sich nach Caleb um. Nicht weit hinter ihr hatte auch er sich umgedreht. Nun bewegte er sich auf die Straßenmitte zu. So, als geschähe nichts Wichtiges, stand er da und wartete.

Jordan näherte sich auf der anderen Straßenseite. Als er Caleb in die Augen schaute, blickte Caleb zu den Schlägertypen hinüber.

Ruckartig hob Jordan den Kopf. Seine Augen wurden groß, als er sich plötzlich der Gefahr bewusst wurde. Doch er ging weiter, ohne das Tempo zu verändern.

Was soll ich tun?, dachte Libby, doch sie wusste, dass sie sich möglichst unauffällig verhalten musste. Auf ihrer Straßenseite ging Libby hinter Jordan her. Sie hatte ihn beinahe eingeholt, als sie hinter sich einen Schrei hörte.

»Da ist er!«, rief jemand. »Seht ihr dieses stolze Auftreten? Den schnappen wir uns!«

Libby wirbelte herum. Der Schlägertyp mit den dunkelbraunen Haaren zeigte den Hügel hinunter auf Jordan.

»Das ist er, ganz bestimmt!«, rief ein anderer Junge.

Im nächsten Augenblick begann Jordan zu rennen. Bei der ersten Gelegenheit stürzte er sich zwischen zwei Häuserreihen. Als er einen hohen Bretterzaun erreichte, stützte er sich mit den Händen auf, sprang darüber und verschwand.

Libby starrte die Straße hinauf zurück. Schreiend und mit wedelnden Armen raste die Bande von Rowdys auf sie zu. Caleb tat, als gehöre er dazu und schloss sich ihnen an.

Als die Schlägertypen Libby beinahe erreicht hatten, rief Caleb laut: »Wohin ist er gelaufen?«

»Da lang!« Der blonde Schlägertyp zeigte auf den Zaun.

Caleb zeigte in die entgegengesetzte Richtung. »Kommt da lang!«

Mit einem Spurt übernahm Caleb die Führung. Im Laufschritt folgte ihm die ganze Gruppe. Von Caleb angefeuert rannten sie einen Weg entlang, der zwischen hohen Lagerhallen verlief.

Schreckerfüllt starrte Libby ihnen nach. Wenn die Schlägertypen zurückkehrten, würden sie sicher dort suchen, wo Jordan verschwunden war.

Langsam drehte Libby sich um. Sie traute sich kaum hinzuschauen, doch als sie es dennoch tat, sah sie, wie Finger nach dem oberen Ende des Zauns griffen. Plötzlich sprang Jordan wieder darüber und landete auf der Straßenseite, die Libby gegenüberlag.

Ganz nah bei den Häusern lief Jordan erneut in Richtung der *Christina*.

Jordan!, hätte Libby am liebsten gerufen. *Du bist noch nicht in Sicherheit!* Doch gerade in diesem Augenblick sprach ein Mann sie von hinten an.

Libby stockte der Atem. Ihr Herz pochte wie wild vor Angst.

»Guten Tag, Fräulein Libby«, sagte Doktor Hutton. Über seinem grau melierten Bart waren seine Wangen gerötet. Er schaute über den Rand seiner Brille, die er ziemlich weit vorne auf seiner Nase trug.

»Sie wissen, wie ich heiße?«, fragte Libby erstaunt.

»Du bist Kapitän Norstads Tochter, nicht wahr?«

»Ja, genau.« Libby war erfreut, dass er es wusste.

Höflich tippte sich der Mann an den Hut. »Bist du allein hier?«, fragte er besorgt. »Meine Freundinnen und ich können dich sicher zum Schiff bringen.« Er blickte zu den beiden Frauen hinüber, die ihn begleiteten.

»Danke, mein Herr«, sagte Libby schnell. »Ich komme gut allein zurecht.« *Aber ich bin froh, dass Sie nicht Riggs sind, das können Sie mir glauben*, dachte sie.

»Bist du dir sicher?« Die Stimme von Doktor Hutton klang freundlich. »Es schien mir, dass es eine Art Krawall gegeben hat.«

»Ja.« Libbys Stimme wurde fester. »Ein kleiner Aufruhr.«

»Ein entlaufener Sklave, meinst du nicht?«, fragte der Doktor. »Wenn ja, hoffe ich, dass der Flüchtige entkommen konnte.«

Libby atmete tief ein. *Ah! Der Arzt ist auf unserer Seite! Gut zu wissen.*

Libby öffnete den Mund, um ihm alles zu erzählen. Doch dann hörte sie die Warnung der großen Glocke, die sich auf dem Dach der *Christina* befand. Nach genauem Hinhören zählte Libby fünf Schläge des Klöppels, eine Pause, fünf weitere Schläge, noch eine Pause und fünf letzte Schläge.

»Fünfzehn Minuten«, sagte sie. »Wir müssen uns beeilen. Wenn wir nicht rechtzeitig zurückkehren, legt das Schiff ohne uns ab.«

Als Doktor Hutton auf sie warten wollte, bat Libby ihn, schon vorauszugehen. »Ich warte noch auf einen Freund«, sagte sie. »Wir kommen nach.«

Während Doktor Hutton und die zwei Damen den Hügel hinuntergingen, starrte Libby ihnen nach. Nervös blickte sie die Straße hinauf und hinunter. *Wo ist Jordan?*

Schnell rannte sie zum Zaun und schaute hinüber. *Da ist er nicht. Aber wo ist er?*

Als die Warnglocke für zehn Minuten läutete, wuchs Libbys Panik. Sie hatte keine andere Wahl, als Doktor Hutton zu folgen. Auf halbem Weg den Hügel hinunter hörte sie, dass die Gruppe von Schlägertypen zurückkehrte. Sie rannten immer noch.

Auf der Straße, auf der Libby ging, teilten sie sich auf und rannten auf beiden Seiten der Straße. Bei jeder Öffnung liefen die Schlägertypen zwischen die Häuser, sahen sich um und kehrten zurück. Als der große blonde Kerl einen offenen Schuppen erreichte, hielt er an, spähte hinein und eilte weiter.

»Kommt, wir versuchen diese Straße!«, rief Caleb und zeigte in eine andere Richtung. Erneut drehten sich die Jungen um und folgten ihm.

Verzweifelt sah Libby um sich. Während sie so dastand und sich fragte, was sie tun sollte, kam eine kleine, feine Dame auf sie zu.

»Freundin«, sagte sie. »Brauchst du Hilfe?«

Unsicher, wie sie antworten sollte, starrte Libby sie an. »Wohnen Sie hier?«, fragte sie schließlich.

Die Frau lächelte. »Seit vielen Jahren. Und ich weiß, wie ich dir helfen kann. Such deinen Freund in jenem

Schuppen.« Sie deutete mit einer Kopfbewegung zur gegenüberliegenden Straßenseite.

Ohne ein weiteres Wort verschwand die Frau in einem Gebäude in der Nähe. Schnell überquerte Libby die Straße. Als sie am Schuppen vorbeiging, hörte sie ein Flüstern.

»Libby!«

Libby blieb abrupt stehen und spitzte die Ohren.

»Libby!«, ertönte die Stimme erneut.

Es war zweifellos Jordan. Doch wo war er?

Libby schaute sich um, um sicherzugehen, dass sie nicht beobachtet wurde. Dann spähte sie in den Schuppen. Einige große Kisten waren aufgestapelt.

Langsam ging Libby in den Schuppen und um die Kisten herum. Sie konnte niemanden sehen.

»Wo bist du?«, fragte sie leise.

»Es sicher sein?«, kam das Flüstern zurück.

Diesmal schaute Libby nach oben. Der Schatten des Daches fiel über die oberen Kisten. Als sich Libbys Augen allmählich an die Dunkelheit gewöhnten, sah sie Jordan auf der obersten Kiste liegen.

»Augenblick!« Libby ging nach draußen und blickte die Straße hinauf und hinunter. Im Augenblick waren die Schlägertypen nicht in der Nähe.

»Beeil dich!«, sagte Libby.

Im Nu war Jordan auf dem Boden und raste die Straße hinunter.

Kurz bevor Libby das Ufer erreichte, sah sie ein weiteres Plakat angeschlagen. Sie riss es ab, stopfte es sich in die Tasche und ging weiter.

Vor sich sah sie Jordan. In der Nähe der *Christina* hob er ein Fass auf. Er balancierte es auf seinen Schultern, neigte den Kopf, um sein Gesicht zu verbergen, und ging die Anlegeplanke hinauf. Einen Augenblick später war er verschwunden.

Gerade als Libby die Anlegeplanke betrat, holte Caleb sie ein. »Wir treffen uns in der Kapitänskajüte«, sagte er mit leiser Stimme. Dann verschwand auch er.

Freie Augen

Zehn Minuten später betrat Libby Papas Kajüte, die sich vorne auf dem Texasdeck befand. Als die beiden Jungen hereinkamen, nahm Libby die Anzeige hervor, die sie abgerissen hatte. »Da, das hat all die Probleme verursacht!«

Als sie das Blatt auf den Tisch legte, warf Jordan einen Blick darauf und drehte sich weg.

»Schau es dir an!«, sagte Libby.

»Hab ich schon.« Jordan blickte zu Boden.

»Lies es!« Libby zeigte auf die Worte.

Erneut starrte Jordan das Blatt an. Schmerz machte sich auf seinem Gesicht bemerkbar. Wieder schaute er weg.

»Ich kann nicht«, sagte er.

»Natürlich kannst du«, antwortete Libby.

»Libby«, sagte Caleb leise. »Jordan versucht dir etwas mitzuteilen.«

Doch Libby schob das Blatt Papier näher zu Jordan. »Wer dich zu fassen bekommt, dem winken immer noch zweihundert Dollar.«

»Hör auf, Libby«, sagte Caleb, als wollte er sie warnen.

Libby achtete nicht auf ihn. »Siehst du, Jordan? Lies es selbst!«

»Ich kann nicht, Libby«, wiederholte Jordan. »Ich kann nicht selbst lesen.«

Diesmal kamen seine ruhigen Worte an. »Aber Jordan«, wandte Libby stockend ein, »alle in deinem Alter können lesen!«

»Alle außer wir farbige Leute.« Jordans Stimme war schmerzerfüllt, und er hielt den Kopf erneut gebeugt. »Wir nicht lesen dürfen.«

»Ihr dürft nicht lesen?« Libby konnte sich ein Leben ohne Bücher nicht vorstellen.

»Und wir nicht können schreiben lernen.« Plötzlich hob Jordan den Kopf. »Wenn wir wissen wie, wir eigene Passierscheine könnten schreiben.«

»Passierscheine?« Libby wusste wieder nicht, was er meinte.

»Sowohl Sklaven als auch freie Farbige müssen immer einen Passierschein bei sich haben«, erklärte Caleb. »Ohne dieses Stück Papier können sie nicht allein umherreisen.«

»Aber ich dachte –« Libby ging ihre Erinnerungen durch. »Damals, als Jordan sich in Papas Kajüte über die Karte beugte, als würde er lesen. Und davor, in Saint Louis …«

Sie starrte Caleb an. »Als wir Jordan zum ersten Mal sahen, schriebst du auf den Boden. Du hast begonnen, *Christina* zu schreiben. Als ich dich danach fragte, sagtest du –«

»Dass ich hoffte, dass Jordan sich an die Buchstaben erinnern würde – dass es ihm helfen würde, uns zu finden.«

Schließlich begriff Libby. »Weil er nicht wusste, wie der gehörte Name aufgeschrieben aussehen würde.«

Libby war verlegen. »Es tut mir leid, Jordan. Das wusste ich nicht.«

»Ich lesen will, Libby«, sagte er. »Von ganzem Herzen ich das Gute Buch lesen will.«

»Das gute Buch?« Libby war wieder verwirrt.

»Die Bibel«, erklärte Caleb.

»Und ich die Zeitung lesen will wie Kapitän Norstad. Ich jedes Buch lesen will, das in die Finger ich krieg'.«

Jordan sah zuerst Libby, dann Caleb an. »Wenn ich mein' eigenen Passierschein kann schreiben, es einfach is', dorthin zu gehen, wo ist meine Mamma. Aber ich nie keinen Lehrer hatte.«

»Caleb und ich werden es dir beibringen!« Libby warf Caleb einen Blick zu und sah ihn nicken. Als sie sich wieder Jordan zuwandte, bemerkte Libby, dass er strahlte – so hell wie die Sonne.

Er zeigte aus dem Fenster. »Guckt!«

Ohne dass sie es gemerkt hatten, hatte die *Christina* Keokuk verlassen. In einer Ortschaft einige Kilometer oberhalb von Keokuk stand eine kleine Blockhaus-Schule hoch über dem Flussufer. Kinder, die gerade Pause hatten, spielten auf dem Schulhof.

»Ich könnte lernen wie sie?«, fragte Jordan mit ehrfurchtsvoller Stimme. »Ich könnte lernen lesen ein Buch?«

»Du kannst lesen lernen wie sie«, sagte Caleb.

Jordan richtete sich auf. Er zog die Schultern nach hinten und hielt seinen Kopf hoch. »Ich kann lernen schreiben?«

»Du kannst schreiben lernen. Ich verspreche es dir«, sagte Caleb. »Wir fragen Libbys Papa, wie wir vorgehen sollen – welche Bücher wir am besten benutzen.«

Libby setzte sich an den Tisch. »Beginnen wir doch gleich mit dem Alphabet! Wenn du die Buchstaben kennst, kannst du sie zu Wörtern zusammenfügen.«

Sie nahm eine Schiefertafel und schrieb einen Buchstaben. »*A*«, sagte sie, wobei sie sich um eine schöne Druckschrift bemühte. »*A* wie Apfel.«

Caleb reichte Jordan eine andere Schiefertafel. »Schreib den Buchstaben wie Libby.« Als sie bei *L* angekommen war, hielt Libby inne. »Das genügt für heute.«

»Das ist das ganze Alphabet?«, fragte Jordan.

»Nein«, antwortete Libby. »Aber ich will dich nicht durcheinanderbringen, indem ich dir zu viel auf einmal beibringe.«

»Ich will kennen das *ganze* Alphabet«, sagte Jordan, nicht gewillt, schon aufzuhören.

Dann bemerkte Libby, was Caleb getan hatte. Mit Tinte hatte er alle Buchstaben auf ein Blatt Papier geschrieben, das Jordan behalten konnte.

»*L* wie Libby«, sagte sie, und Jordan grinste.

Sie ging von Buchstabe zu Buchstabe, und Jordan schrieb alles genau ab.

Bald schrieb Libby ein *R*. »*R* wie Riggs«, sagte sie und erwartete ein weiteres Grinsen. Stattdessen begann Jordan zu zittern.

»Was ist los, Jordan?«, fragte Caleb.

Wie um ihnen erklären zu wollen, dass sie ihn nicht beachten sollten, schüttelte Jordan den Kopf. Doch als Libby ein *S* schrieb, wurde sie von Jordan unterbrochen. »Nachdem wir Saint Louis verlassen letzten Abend, ich sah 'nen Mann auf diesem Schiff«, sagte er. »'nen Mann, der aussieht sehr stark wie Riggs.«

»Hatte er einen gezwirbelten Schnurrbart?«, platzte Libby heraus.

»Hab nur gesehen sein' Rücken und die Seite von Kopf«, antwortete Jordan. »Er gewesen klein und dünn genau wie Riggs. Er 'nen Stock mit Gold darauf hat.«

»Libby denkt, dass sie Riggs in Saint Louis an Bord kommen sah«, sagte Caleb. »Wenn das stimmt, ist er nicht auf der Passagierliste. Ich konnte nicht herausfinden, in welcher Kajüte er ist.«

Jordans dunkle Augen wurden vor Angst ganz groß. »Ich mag ganz und gar nicht sein in Nähe von diesem Mann!«

»Wenn Riggs ein Passagier der Ersten Klasse ist – und das ist er sehr wahrscheinlich –, halt dich vom Kesseldeck fern«, warnte Caleb. »Denn dort wird er wohl die meiste Zeit verbringen.«

»Aber das ist noch nicht alles«, sagte Libby. »Diese Typen, die dich gejagt haben, Jordan – ich habe sie auf der *Christina* gesehen.«

»Sind es Deckpassagiere oder Passagiere der Ersten Klasse?«, fragte Caleb.

Libby dachte nach. »Wahrscheinlich Deckpassagiere.«

Jordan stöhnte. »Was tut ich nun?«

»Könntest du im Maschinenraum bleiben wie immer dann, wenn wir angelegt haben?«, fragte Libby.

»Aber Kapitän Norstad, er mir *Arbeit* geben! Er mich *bezahlt*, dass ich kümmere mich um seine Kleider und seine Besorgungen mach. Wie kann tun ich meine Arbeit?«

»Ich helfe dir mit Papas Kleidern«, sagte Libby schnell.

Caleb schüttelte den Kopf. »Jordan, du solltest dich

sowohl vom Kesseldeck als auch vom Hauptdeck fernhalten. Wenn du hier auf dem Texasdeck bleibst, kannst du deiner Arbeit nachgehen und am Unterricht teilnehmen. Ich bringe dir das Essen.«

Da er wusste, dass er keine andere Wahl hatte, stimmte Jordan zu. Doch sie hatten immer noch das Problem, dass sie Riggs irgendwo unter den dreihundert Menschen an Bord finden mussten. Libby wusste, dass sie jede Hilfe gebrauchen konnten.

»Jordan, du hast mir noch nie erzählt, wie du Riggs entkommen konntest, als er dein Meister war«, sagte sie. »Würdest du es mir jetzt erzählen? Vielleicht hilft es uns, Riggs zu finden, wenn wir mehr über ihn wissen.«

»Wo soll'n beginnen ich?«, fragte Jordan.

»Mit der Sklavenversteigerung«, sagte Libby.

Beim Gedanken an den Schmerz dieses schrecklichen Tages stiegen Jordan Tränen in die Augen. Er wandte sich an Caleb. »Als du wars' bei Versteigerung, was du tatst, mir gab Hoffnung.«

Jordan zeigte auf seine Brust. »Hier drin ich sage mir: ›Jordan, wenn es einem weißen Jungen nicht is' egal, was passiert mit dir, dann du besser beachtest ihn.‹«

Jordan schluckte schwer. »Vor lange Zeit mein Daddy und meine Mamma einen guten Meister hatten. Einer, der wirklich gut sie behandelte. Wie Familienmitglieder sie waren. Sie im großen Haus arbeiten, wie wenn sie dazugehörten.

Meine Mamma war eine Mami für die Kinder des Meisters. Aber dann durchlebte der Meister harte Zeiten. Meine Mamma und mein Daddy und meine

Schwestern und mein Bruder und ich wurde verkauft zu Old Massa.«

»Ein alter Meister?«, fragte Libby, und Jordan nickte.

»Ich war so hoch.« Jordan hielt seine Hand etwa einen Meter über dem Boden. »Dann mein Daddy zu mir sagte: ›Jordan, ich hoffe, du bekommt immer 'nen guten Meister. Aber wenn du 'nen schlechten bekommt, schau zum Himmel und folge dem Nordstern. Bevor dein Meister weiß, was in dein' Kopf ist, renn um dein Leben. Je länger du bei einem grausamen Meister, desto schwieriger es wird, wegzulaufen.‹

Ich habe Daddys Worte schon einmal genommen zum Herzen. Ich rannte, aber die Sklavenfänger bringten zurück mich. Als dieser Sklavenhändler Riggs steckte mich in seinen Wagen, ich denkt: ›Jordan, du wieder 'nen grausamen Meister hast. Aber jener weißer Junge dir helfen will. Du echt schnell ihn finden musst.‹

Darum ich schaute, welche Straße wir nehmen. Ich schaute, welchen Weg wir gehen. Während ich schaute, ich mir sagte: ›Jordan, das haste im Griff. Du weißt, wo du is'.‹«

»Du *wusstest* es?«, fragte Libby.

»Ja. Nachdem Old Massa mein Daddy hatte verkauft, er mich nahm zur großen Stadt. Er wollte kaufen einen neuen Ofen, das wollte er, und nahm mich mit. Überall, wo ich ging, ich Ausschau hielt und hörte mich um. Eines Tages machte sich bezahlt mein Umhören. Old Massa nahm mich zu einem Haus, wo ein freier farbiger Mann verkauft Öfen.

Als Old Massa zuwandte uns seinen Rücken, der

Ofen-Mann trat echt nahe. Er leise redete in mein Ohr. ›Willst du frei sein?‹

Ich nickte mit Kopf, bis bald abfiel er. ›Wenn du deine Chance bekommt, komm hierher‹, sagte der Mann. ›Alles, was du musst sagen, ist: ›Mein Meister braucht 'n neuen Ofen.‹‹

Old Massa nahm mich dann weg. Als ich heimkommt, ich Mamma sagte, was der Ofen-Mann sagte. Mamma sagte: ›Wir werden rennen, Jordan. Wir muss rennen, bevor Old Massa mir reißt meine Kinder aus den Armen.‹

Während versuche ich, Gelegenheit zu finden, verkaufen Old Massa Mamma und meine Schwestern und mein Bruder. Verkauft sie in den Norden, von wo ich bin. Dann stirbt Old Massa.«

»Und du wurdest an Riggs verkauft?«, fragte Libby.

»Ja. Nach Versteigerung sitzt ich hinten im Wagen und schaut Riggs an. Ich denkt: ›Jordan, deine Fußschellen hindern deine Füße am Rennen. Aber deine Augen frei sind. Sie sollen dir sagen, wo du ist.‹

Darum ich achte auf die Straßen und Häuser. Ich weiß, wenn wir in die Nähe von diesem Ofen-Laden kommt. Ich halte im Kopf den Rückweg fest.«

»Und dann?«, fragte Libby, als Jordan eine Pause machte. »Was geschah als Nächstes?«

»Riggs, er hielt bei einem großen Haus und stieg aus. Ich denkt: ›Da lebt er?‹ Aber als er geht zur Tür, stürmt ein Hund auf ihn zu. Ein kleiner, bissiger Hund mit Beinen wie Stöcklein und einem Bellen so furchterregend wie Schreien eines Babys.«

Jordan imitierte das ängstliche Bellen, und Libby musste lachen.

»Aber dieser Riggs, er weicht zurück, extrem erschrocken. Stieg in den Wagen, wie wenn er könnte ein Bein verlieren!« Erneut kicherte Libby.

»Als er kam zu seinem Haus, Riggs mit seinem Wagen in die Scheune fuhr. Meine Augen arbeitet immer noch, um frei zu sein. Ich schaue mich um nach einem Fluchtweg. Ich sieht eine Werkbank und Werkzeuge an einer Wand. Dann Riggs mich zerrt aus dem Wagen, sagt mir, ich soll aushalten wie ein Mann, und nimmt hervor eine Peitsche.«

»Du musst es ihr nicht näher erläutern«, sagte Caleb schnell. »Libby hat deinen Rücken gesehen.« Libby erinnerte sich an das aufgerissene Fleisch. Die tiefen Spuren einer Peitsche, die mal so herum, mal so herum getroffen hatte. Jordan würde jene Narben bis an sein Lebensende tragen.

Nun ballten sich seine Finger zu Fäusten. »›Ich hab ein grausamer Meister‹, denkt ich erneut, als Riggs fest zuschlägt. Als er fertig, Riggs wirft mich in den nächsten Raum und schließt ab die Tür.

Während ich dort liegt, erinnert ich mich wieder an mein' Daddy. ›Jordan, wenn du 'nen grausamen Meister bekommst, flieh schnell.‹ Ich denkt: ›Bald wird es Nacht, und ich nicht sehen kann.‹ Also denk ich an die Werkzeuge im Raum nebenan. Ich denkt: ›Ich muss haben sie. Das ist der einzige Weg nach draußen.‹

Mein Gefängnis war so 'n kleiner, enger Raum, dass es aussah wie ein Ort, um Korn zu lagern«, erzählte Jordan. »Kein Fenster da. Nicht einmal Risse, durch die hineinkann eine Maus.

Also denk ich: ›Kein Fenster. Warum ich überhaupt etwas sehe?‹ Ich schaut nach oben und, tatsächlich, ich sehe Licht durch Loch in der Decke kommen. Kein großes Loch. Nicht groß genug für ein Mann, um durchzukommen. Aber für mich?

Ich sieht eine Leiter genagelt an die Wand, die führt zum Loch. Aber Riggs, er vorgesorgt hat. Auf halber Höhe von oben diese Leiter war abgesägt.

Doch ich frage mich: ›Wie du wirst kommen zu dieser Leiter, Jordan?‹ Und ich darüber nachdenk. Ich denk: ›Wenn ich die Hände halte hinter den Rücken etwa auf Höhe von Hüften …‹ Er zeigte es ihnen. ›Und wenn ich lehne an die Wand, richtig stark …‹«

»Mit dem Rücken?« Libby war schockiert. »Er war wund von den schlimmen Schlägen!«

»Ja. Versuchte nicht zu berühren den Rücken, aber ich's nicht geschafft hab. Ich auf der einen Seite in die Wand drückte. Der Raum so klein war, dass ich hinaufging auf der anderen Seite die Wand.«

»Ist das dein Ernst?« Libby konnte es nicht glauben. »Du *gingst* einfach die Wand hinauf? Du hattest Fußschellen an!«

»Ja. Ich schwingte die Füße hin und her und wackelte mit dem Körper, bis ich erreichte die Leiter. Zog mich durch dieses kleine Loch und ließ mich fallen in den Raum, wo waren die Werkzeuge.

Es wurde jetzt dunkel und ich weiß, dass ich mich eilen muss. Sah alle Werkzeuge durch, bis ich fand 'nen Flachmeißel und 'nen Hammer.«

Jordan grinste. »Das war einfachster Teil von Flucht. Ein Schlag auf Kette zwischen meinen Füßen, und sie zerbrach. Im Nu ich Lumpen fand und riss die in Streifen. Schob die Hosenbeine nach oben und befestigte mir den Rest von Kette an die Beine.«

»Und deine Hosenbeine bedeckten die Fußschellen, sodass niemand sehen konnte, dass du sie trugst«, ergänzte Libby.

Jordan nickte. »In Zwischenzeit es dunkel war geworden. Ich geh zur Tür und werf einen Blick nach draußen. Ich schlüpf hindurch und schließ Tür hinter mir.

Genau dann ich hört, dass jemand kommt. Er pfiff so fröhlich wie eine Lerche. Aber mein Herz zitterte. Ich weiß, es is' Riggs, und ich erinnert mich, was er sagte, als er kaufte mich. ›Kein Sklave ist mir je entkommen – lebend!‹«

Zittriges Herz

Libby erschauderte. Allein schon von diesem grausamen Sklavenhändler zu hören, jagte ihr Angst ein.

»Erzähl weiter, Jordan«, sagte sie.

»Schnell wie Katze auf einem heißen Blechdach ich auf die Büsche zurenn und verstecke mich dahinter. Ich weiß, dass wenn Riggs findet mich, bekomm ich ganz klar noch mehr Schläge. Als er kommt um die Ecke, hatte ich zittriges Herz in der Brust.« Als durchlebte er diesen gefährlichen Augenblick noch einmal, weiteten sich Jordans Augen.

»Und was hast du getan?«, fragte Libby.

»Ich bellte.«

»Du *belltest*?«

Jordan lachte. »Etwa so.« Wie ein wilder Hund begann Jordan zu knurren und die Zähne zu fletschen.

Als sie ihn hörte, bekam Libby Angst. »Wenn ich dich nicht vor mir sähe, könnte ich nicht glauben, dass du das bist.«

Jordan grinste. »Riggs hatte solche Angst vor meinem Bellen, dass er nicht ging in die Scheune. Als er zurückgeht zum Haus, ich renn davon.

Ich habe keinen Passierschein nich', deshalb versteckt ich mich hinter Bäumen und Sträuchern. Ich schleiche in Dunkelheit, bis ich den freien Farbigen find, der verkauft Öfen. Er seht mich genau an und sagt: ›Du hast dir allerdings gelassen Zeit mit Kommen. Ich bin echt froh, dass du bist da.‹

Als ich ihm erzählte meine Geschichte, er sagte: ›Vertraust du diesem weißen Jungen?‹

›Ich vertraut diesem Jungen‹, sagte ich.

›Dann muss ich ’nen Ofen liefern in diese Richtung‹, sagte er. ›Ich bringe dich zu ihm, und wenn er nicht da is’, kenne ich ’nen anderen Weg.‹«

»Durch Alton in Illinois?«, fragte Caleb.

Jordan nickte. »Am nächsten Morgen dieser Ofen-Mann verstecken mich in einer Kiste in seinem Wagen. Dann ladet er eine weitere Kiste mit riesengroßem Ofen auf. Unterwegs werden wir angehalten von Männern. Der Ofen-Mann sagte: ›Da mein Passierschein.‹ Sie die Kiste ganz am Ende des Wagens kontrollierten. Danach sie sagen: ›Geh weiter, Junge. Wir suchen wohl ’nen andern.‹

Als niemand da, sprach Ofen-Mann mit mir. ›Wir gehen jetzt auf eine Fähre‹, sagte er einmal. Nachdem wir fahren und fahren und fahren, sagte er: ›Nun warten wir auf die Dunkelheit.‹

Als Nacht hereinbricht, er meine Kiste öffnet. Ich schaut und wartet. Keine Häuser ringsum, nur Bäume und Sträucher. Der Mond und die Sterne zeigen mir, wo ich ist. Ich seh ’nen Fluss so groß, dass ich weiß: Ich geht bald ins verheißene Land.«

»Über den Mississippi und in den freien Staat Illinois«, nickte Libby.

Jordans Augen glänzten bei der Erinnerung. »Als eine Wolke verdeckt den Mond, kommt ein Mädchen aus den Sträuchern. ›Du bereit?‹, hör ich sie flüstern. Dann seh ich Ruderboot und zwei Jungen. Sie zeigen mir, wie ich liegen soll im Boot. Sie eine schwere

Decke über mich legen und bedecken mich ganz, nur das Gesicht nicht.

Während ein Junge ruderte, der andere warf eine Leine aus zum Fischen. ›Wir werden dich in die Nähe eines Tunnels bringen‹, er sagte. ›Wenn wir an Land kommen, rennst du geradeaus, so schnell du kannst.‹

›Ich will finden die *Christina*‹, sagt ich ihnen.

›Die *Christina*?‹ Dieser Junge war überrascht. Aber anderer Junge sagte: ›Wir werden dich dorthin bringen, wo die Dampfschiffe Holz aufladen.‹

Als wir nahe ans Ufer kommt, bedecken jene Jungen mein Gesicht. Bald spüre ich, wie Boot gegen etwas stößt. ›Das ist Alton‹, sagte einer von ihnen. ›Wir sind bei einem flachen Felsen – bei einem Pier aus Stein. Wenn wir die Decke hochheben, betritt den Kai so, als ob du hierher gehören würdest. Geh immer geradeaus – so, als ob du wüsstest, was du tust. Wenn du einen Holzstoß siehst, suche einen großen, bärtigen Mann. Er wird dir sagen, was du tun sollst.‹

Ich diesen Mann mit dem Bart fand«, sagte Jordan einfach, als endete damit seine Geschichte.

»Als ich sagte: ›Die *Christina*‹, er verhielt sich, als kennte er dich, Caleb. Er verstecken mich zwischen dem Holzstoß, bis es Zeit war, zu gehn an Bord.«

»Wir werden deine Mamma bestimmt herausbringen«, versprach Caleb zum wiederholten Mal. »Aus dem, was in Keokuk passiert ist, haben wir etwas gelernt. Dein stolzes Auftreten verrät dich.«

»Mein stolzes Auftreten?«, fragte Jordan, als wüsste er nicht, was Caleb damit meinte.

Libby nahm den Steckbrief, den sie abgerissen hatte,

hervor. »Hier steht es.« Sogar als Jordan als Sklave verkauft wurde, hatte Jordans Auftreten Libby an fürstliche Würde erinnert. Sie las die Worte, mit denen er beschrieben wurde:

Kräftig gebaut, geht mit hoch erhobenem Kopf und hat ein stolzes Auftreten ...

»Entweder müssen wir nachts reisen, oder du musst dich verkleiden«, teilte Caleb Jordan mit.

»Du auch, Caleb«, ermahnte Libby ihn. »Die Sklavenfänger kennen dich. Wenn du erkannt wirst, verrätst du Jordan.«

Caleb fuhr sich nachdenklich mit den Fingern durch seinen blonden Haarschopf. »Zuerst müssen wir uns um deine Sicherheit kümmern, Jordan, was auch immer Riggs unternimmt.«

»Wenn der Mann, den ich gesehen letzte Nacht, Riggs war, warum packte er mich dann nicht?«, fragte Jordan.

»Weil er uns alle beobachtet«, antwortete Caleb. »Er will wissen, was wir tun, wen wir aufnehmen, wie wir es tun. Wenn er das herausgefunden hat und weiß, wie er Libbys Papa ergreifen kann, wird er zuschlagen.«

Libby stöhnte. »Caleb, wie kannst du nur so etwas Schreckliches sagen?«

»Weil wir wissen müssen, woran wir sind. Sonst erwischt uns Riggs garantiert.«

Dann funkelten Calebs Augen neckend. »Es liegt alles an dir, Libby. Du isst in der Hauptkajüte. Vielleicht entdeckst du Riggs dort.«

Libby wurde schon allein beim Gedanken daran nervös. Sie zog eine lange Strähne ihres Haars hervor und fingerte daran herum. Bald waren ihre Haare völlig zerzaust, doch sie fühlte sich nicht besser.

***

Als sie in Burlington anlegten, sah Libby, wie Caleb die Anlegeplanke hinuntereilte und verschwand. Bei seiner Rückkehr sah er sehr zufrieden mit sich aus.

Etwas später sah Libby Caleb und Jordan beisammen. Doch zu Libby sagte Caleb nur: »Jordan und ich haben einen Plan, wie wir zu seiner Mutter gelangen können.«

»Was meinst du damit?«, fragte Libby.

»Das wirst du schon sehen«, erwiderte Caleb.

Während des Abendessens hielt Libby nach Riggs Ausschau. Die große Kajüte, die als Speisesaal diente, erstreckte sich von einem Ende des Dampfers zum anderen. Kapitän Norstad saß mit seinen Offizieren am vorderen Ende der Kajüte.

An ihrem Platz neben ihrem Vater konzentrierte sich Libby nur halb auf das Essen. Jedes Mal, wenn sie ihre Gabel zum Mund führte, dachte sie an Elsa und wie gern sie wohl eine solche Mahlzeit hätte. Einen Tisch nach dem anderen suchte Libby nach Riggs ab.

Erneut achtete sie nicht auf Frauen und große Männer, sondern hielt nach einem kleinen und schlanken Mann Ausschau. *Aber Riggs könnte seine Kleidung aufgepolstert haben*, ermahnte sich Libby. *Er könnte schwerer aussehen.*

Während Libby die Menschen beobachtete, drehte sich das Gespräch um das bevorstehende Wettrennen.

»Was wird aus Reads Landing berichtet?«, fragte Herr Bates, der Erste Offizier. Die geschäftige Anlegestelle für Dampfschiffe befand sich am südlichen Ende des Lake Pepin.

»Das Minnesota-Territorium hat gerade den schlimmsten Winter seit Jahren erlebt«, antwortete Kapitän Norstad. »Es lag eine über einen Meter dicke Schneeschicht auf dem Boden. Als der Wind stärker wehte, wurden Häuser und Scheunen von Schneewehen bedeckt.«

»Und Lake Pepin?«, fragte Osborne, der Erste Ingenieur. Lake Pepin war ein Verbreiterung im Mississippi – dort, wo der Fluss zwischen dem Minnesota-Territorium und dem Staat Wisconsin floss.

»Der See ist immer noch zugefroren«, antwortete Kapitän Norstad. »Jeden Tag kommen mehr Schiffe in Reads Landing an. Dieses Jahr wird es ein erstklassiges Rennen geben.«

Libby warf einen Blick in die Tischrunde. Alle erwarteten das große Ereignis, das die Saison 1857 eröffnete, mit Spannung. Die Wettfahrt durch den Lake Pepin war aufregend. Das erste Dampfschiff, welches das von Eisschollen übersäte Wasser durchquerte, erlangte die Ehre, als Erstes in Saint Paul anzukommen. Doch das Rennen war auch gefährlich. Jeden Frühling erlitten einige der Dampfer Schiffbruch, wenn sie durch den Lake Pepin zu fahren versuchten.

Nun verwies Kapitän Norstad auf den Preis für den Sieger – eine beachtliche Belohnung, die von der Stadt

Saint Paul angeboten wurde. »Der Sieger des Rennens muss während der ganzen Saison keinen Cent bezahlen, um den Kai von Saint Paul zu benutzen.«

»Das packen wir doch!« Osborne grinste, als dächte er darüber nach, wie er alles aus den Maschinen herausholen konnte.

Bates sah genauso eifrig aus. »Wenn wir die Ersten sind, bekommen wir sogar noch mehr Passagiere und Ladung.«

»Werden wir Reads Landing rechtzeitig erreichen?« Das war der junge Herr Martin. »Bevor das Eis schmilzt?«

Niemand anders hätte auch nur im Traum daran gedacht, eine solche Frage zu stellen. Natürlich würden sie rechtzeitig dort sein!

»Wir werden die Eröffnung der Saison nicht verpassen«, antwortete Kapitän Norstad, wobei er die Zeitungen und die Telegrafenberichte, die er täglich studierte, unerwähnt ließ. »Wenn alles glattgeht, sind wir in zwei Tagen in Reads Landing. Mein guter Freund Daniel Smith Harris ist wahrscheinlich schon dort.«

»Kapitän Harris?«, platzte Herr Martin heraus. »Aber er hat das Rennen viermal hintereinander gewonnen!«

»Das heißt nicht, dass er auch das fünfte Rennen gewinnt«, sagte Kapitän Norstad gelassen. »Und falls doch, dann ist er immer noch mein Freund!«

Libby konnte es kaum erwarten, nach Reads Landing zu kommen, um all die berühmten Dampfschiffkapitäne zu sehen und am Rennen teilzunehmen. Doch im Augenblick hatte sie andere Dinge im Kopf. Als sie in eines von Omas köstlichen Brötchen biss, drehte Libby den Kopf, damit sie die Männer an einem anderen Tisch sehen konnte. Sie waren alle größer als Riggs.

In diesem Augenblick nahm Bates ein großes Stück Fleisch, schnitt eine Scheibe ab und ließ den Rest auf seinem Teller. Erneut dachte Libby an Elsa. »Bitte …« Libby sprach, ohne nachzudenken.

Als Bates aufschaute, schluckte Libby ihre Worte hinunter. Hier in der eleganten Hauptkajüte konnte sie nicht für jemand anders um Essen bitten. Doch Libby dachte an die Familienfeier der Meyers. *Für jeden einen Hering. Und der eine, den ich nicht aß, wanderte ins Glas zurück.*

Libby starrte auf alle Teller. Diese Kartoffeln, dieses Stück Fleisch. Auf Deck würden sich die Menschen auf diese Leckerbissen stürzen, als wäre es ein Festessen.

Wenig später stellte der Kellner dreizehn Desserts in einem Kreis um Libby hin. Sechs der Nachtische wurden in großen, schmalen Gläsern serviert. Die übrigen sieben waren Obstkuchen, Puddinge und Eiscremes. Alle Schalen waren allein für sie.

Früher hätte Libby von allem ein bisschen probiert. Nun dachte sie stattdessen an Elsa. Familie Meyer hatte eine lange geräucherte Wurst dabei. Libby hatte gesehen, wie Herr Meyer sorgfältig Scheiben abgeschnitten hatte. Am vorigen Abend war nur noch ein kleines Stück Wurst übrig geblieben.

Ich werde mit Oma sprechen, entschied Libby.

Am anderen Ende der Kajüte standen Tische, die Libby nicht sehen konnte. Sobald Papa ihr die Erlaubnis gab, den Tisch zu verlassen, sprang Libby von ihrem Platz auf. Langsam ging sie an den Menschen vorbei, die sie noch nicht gesehen hatte, und betrachtete alle genau. Plötzlich erblickte sie einen Spazierstock mit einem goldenen Griff.

Ah! Libby stand still. Doch der Herr, dem der Stock gehörte, war bestimmt nicht Riggs. Enttäuscht wandte sich Libby ab.

Dann blieb ihr geübtes Künstlerauge an einem Mann hängen, der ihr den Rücken zuwandte. Die Haarfarbe stimmte. Die Art, wie er dasaß, schien ihr vertraut. Während Libby ihn beobachtete, nahm er vom Kellner eine Barttasse entgegen. Wer auch immer dieser Passagier war – er brauchte die Spezialtasse, um den Schnurrbart über dem Kaffee zu halten.

Wie eine Katze, die sich an eine Maus heranschlich, pirschte Libby sich heran. Als sie das Gesicht des Mannes sah, fühlte sie sich bestätigt. *Riggs!*

Ich werde ihm folgen!, entschied Libby. *Ich werde herausfinden, wo seine Kajüte ist. Dann kann Caleb ihn im Auge behalten.*

Augenblicke später schaute der Mann auf. Als sich ihre Blicke trafen, war sie sich einer weiteren Sache sicher. *Ich kann nicht hier stehen bleiben und ihn anstarren. Er wird genau wissen, was ich vorhabe.*

Langsam entfernte sich Libby. Auf der anderen Seite der Haupttür der Kajüte hielt sie an und blickte zurück. Der Mann, der wie Riggs aussah, beobachtete sie immer noch.

Ich werde mich zu einer anderen Tür schleichen, entschied Libby. Doch als sie die Tür auf der anderen Seite des Saals erreichte, war der Mann verschwunden!

Libby zitterte. *Ich war so nah dran! Innerhalb einer*

Minute habe ich ihn verloren! Erneut verstand sie, was Jordan mit einem »zittrigen Herz« gemeint hatte. *Was, wenn dieser Mann wirklich Riggs ist und Jordan vielleicht in diesem Augenblick eine Falle stellt?*

Libby versuchte ihre Angst beiseitezuschieben und dachte, sie würde sich besser fühlen, wenn sie mit Calebs Großmutter sprach.

Auf dem Weg zur Küche lief sie Caleb in die Arme. »Ich habe Riggs gesehen!«, raunte sie ihm zu. »Aber ich habe ihn verloren. Er hat gemerkt, dass ich ihn beobachtet habe, und ist durch die andere Tür entwischt!«

»Er war im Speisesaal?«, fragte Caleb.

»Ja, und er hat eine Barttasse benutzt. Gibt es irgendeinen Grund, einen falschen Schnurrbart zu tragen, außer als Tarnung?«, erwiderte Libby.

Caleb zuckte mit den Schultern. »Vielleicht will er herausfinden, ob der Schnurrbart anderen Leuten gefällt. Aber wenn er wie Riggs aussah, werde ich gleich das gesamte Deck absuchen. Ich kann an Orte gehen, wo du nicht hindarfst.«

Libby ging weiter zur Schiffsküche, um Oma aufzusuchen. Samson lief hinter Libby her.

Calebs Großmutter hatte grau-weißes Haar, das zurückgekämmt und zu einem Knoten auf ihrem Kopf zusammengebunden war. Lachfältchen umgaben ihre Augen und ließen sie jung aussehen. Sie warf Samson einen Blick zu und sagte: »Du kommst mir nicht in meine schöne, saubere Küche.«

So nah beim Eingang wie möglich ließ Samson sich auf sein Hinterteil fallen. Er neigte den Kopf und schien darauf zu warten, dass etwas für ihn abfiel.

»Oma, ich habe eine Freundin«, begann Libby.

»Eine Freundin unter den Deckpassagieren, und du willst Essen.«

Libby starrte Oma erstaunt an. »Woher weißt du das?«

»Weil Caleb dasselbe tut. Auf jeder Reise findet er einen Freund. Einer, der normalerweise am Verhungern ist.« Oma hatte bereits ein Tuch aus dem Schrank genommen, das sie auf dem Tisch ausbreitete und mit dicken Brotscheiben und Käse füllte.

»Obst«, meinte sie. »Deine Freundin braucht vor allem Obst.«

Aus einem Fass in der Vorratskammer nahm Oma einen Apfel – einen der Äpfel, die Libby sonst nur zu einem leckeren Gericht verarbeitet auf ihrem Teller vorfand.

Oma verknotete das Tuch an den vier Ecken zu einer Tasche und überreichte alles Libby.

»Pass auf, sei vorsichtig«, warnte Oma. »Lass die anderen Deckpassagiere nicht sehen, was du tust.«

Das musste man Libby nicht zweimal sagen. Vorsichtig versteckte sie die Tasche unter ihrer Jacke und ging an Deck. Als sie sich Familie Meyer näherte, hörte sie sie singen.

In Libbys Steppdecke gekuschelt saß Elsa auf dem Holzstoß. Frau Meyer machte Libby auf dem Schrankkoffer Platz, und Herr Meyer stand daneben. Ohne ihr Singen zu unterbrechen, lächelte die Familie Libby an.

Heute schien Elsa noch blasser als sonst zu sein. Doch ihre Augen strahlten, als sie mit ihren Eltern ein

Lied nach dem anderen sang. Obwohl sie auf Deutsch sangen, kam Libby ein Lied vertraut vor. Dann erkannte sie die Melodie – »Ein feste Burg ist unser Gott«. Noch nie hatte Libby das Lied mit so viel Ausdruckskraft gesungen gehört.

Libby lehnte sich zu Elsa hin und schob ihr unauffällig die Tasche hin.

Elsa schaute überrascht auf. »Danke«, sagte sie sanft. »Vielen, vielen Dank.«

»Ich muss jetzt gehen«, sagte Libby. Sie wollte ihrer Freundin Gelegenheit zum Essen geben. So stand sie auf und entfernte sich. Auf halbem Weg zum nächsten Deck besann sie sich. *Ich habe vergessen, Elsa zu erzählen, dass wir in zwei Tagen in Reads Landing sein werden.*

Libby machte kehrt. Als sie um die Ecke in der Nähe der Familie bog, sah Libby, dass Elsa vom Holzstoß geklettert war. Elsa hatte die Tasche auf den Schrankkoffer gelegt und das Essen in drei Portionen aufgeteilt.

Schnell zog sich Libby zurück. *Das nächste Mal muss ich mehr bringen. Genug für alle drei.*

Aschenputtel

Auf dem ganzen Weg zum Texasdeck hinauf musste Libby an Familie Meyer denken. Trotz ihres harten Lebens bestand eine Wärme zwischen ihnen – eine Wärme, die sie zusammenschweißte. Elsas Gesicht hatte gestrahlt, als bedeuteten ihr die Worte der Choräle alles. Sangen sie Choräle, um neuen Mut zu fassen?

Libby konnte sich ihre Gefühle nicht erklären. *Sie scheinen einander immer so nah*, dachte Libby. *Wie eine richtige Familie.*

Als sie ihren Vater in seiner Kajüte fand, setzte sich Libby neben ihn an den großen, runden Tisch. Sie erzählte ihm von Herrn und Frau Meyer und Elsa und sagte dann: »Ich wünschte, wir könnten auch eine solche Familie sein, Papa.«

Papa schaute sie überrascht an. »Libby, wir *sind* eine solche Familie. Weißt du nicht mehr, wie du dir eine *Gib-nie-auf-Familie* gewünscht hast?«

Libby konnte sich noch gut daran erinnern, doch das war nicht das, was sie meinte. »Ich wünschte, Mama wäre hier. Ich wünschte, wir könnten lachen und singen und beisammen sein.«

Zu Libbys Verlegenheit wurde ihre Stimme von Tränen erstickt. Tief in ihrem Innern sehnte sie sich immer noch nach ihrer Mutter. Manchmal vermisste Libby ihre Mutter so sehr, als wäre sie erst gestern gestorben – und nicht schon vor vier Jahren.

Papa nahm Libby in die Arme. »Ich vermisse sie

auch, Libby. Ihr Verlust schmerzt mich immer noch. Ist es das, was du empfindest, Libby?«

Mit dem Kopf an Papas Brust gelehnt nickte Libby.

»Deine Mama war eine besondere Frau, Libby. Einzigartig, genauso wie du.«

Libby lehnte sich zurück, um ihrem Vater in die Augen blicken zu können. »Ich bin wie Mama?«

»Mehr als du denkst, Libby.«

»Inwiefern bin ich wie Mama?« Nun wurde Libby neugierig.

»Nun, das Offensichtlichste ist dein Haar. Die hübsche rotbraune Farbe – ein tiefes Rot mit goldenen Strähnen. Und deine dunkelbraunen Augen. Aber das ist nicht alles. Du hast ein gewisses Temperament.«

»Was für eins, Papa?«

»Eins, das dich wieder aufstehen und weitermachen lässt, wenn du niedergeschlagen bist. Erinnerst du dich an den Abend, an dem wir zum ersten Mal wieder zusammen waren?«

Libby nickte. Während vier langer Jahre hatte sie ihren Papa nur gelegentlich gesehen. Er hatte das Gefühl gehabt, dass Libby noch zu jung war, um ohne Mama auf einem Dampfschiff zu leben.

Papa blickte ihr direkt in die Augen. »An jenem Abend hast du zu mir gesagt: ›Papa, ich will eine *Gib-nie-auf-Familie*. Ich möchte eine Familie, die zusammenhält, auch wenn es schwierig ist.‹«

»Diese Familie sind wir?«, fragte Libby.

»Genau. Auch wenn wir nur zu zweit sind. Wir halten zusammen, auch in schwierigen Zeiten.«

»Papa, erzählst du mir mehr von Mama?«

Papa lächelte. »Wann immer du möchtest. Erst musst du von ihrer Geheimsprache erfahren.«

»Mama hatte eine Geheimsprache?«, fragte Libby.

»Erinnerst du dich daran, als du in Saint Louis den Laufburschen gemacht hast? Ich habe dir zugezwinkert.«

Libby erinnerte sich deutlich daran. Dieses lange, langsame Zwinkern hatte ihr das Gefühl gegeben, dass Papa stolz auf sie war.

»Das war Teil der Geheimsprache deiner Mutter. Sie hat gleich nach unserer Hochzeit mit dem Zwinkern angefangen. Manchmal wollte sie mir in aller Öffentlichkeit sagen: ›Ich liebe dich.‹«

»Und das hat sie getan?«

»Sie war immer zu einem Spaß aufgelegt. Einmal war sie am anderen Ende des Zimmers, und jemand war zwischen uns.«

Da erinnerte sich Libby an jene Situation. »Mama hat ganz langsam gezwinkert. Eine Dame namens Blakely war dort.«

»Eine Dame, die sehr auf Anstand und Korrektheit bedacht war«, sagte Papa. »Frau Blakely hatte die allerbesten Manieren. Ihr Mann war damals Miteigentümer der *Christina*.«

»Mama wollte dir ausgerechnet in Gegenwart von Frau Blakely sagen: ›Ich liebe dich‹?«

Libbys Papa lachte, als er sich daran zurückerinnerte. »Deine Mama hat mir zugezwinkert. Ich habe sie gesehen und zurückgezwinkert. Frau Blakely hat mich nicht gesehen, doch sie hat deine Mutter bemerkt. Sie fragte: ›Haben Sie etwas im Auge, Frau Norstad?‹

›O ja, ich fürchte schon‹, hat deine Mutter geantwortet. Sie konnte nicht sagen, dass sie Liebe im Auge hatte.«

Libby kicherte. »Aber sie hat dir den ganzen Nachmittag zugezwinkert!«

Plötzlich war es enorm wichtig für Libby, mehr zu erfahren. »Papa, inwiefern bin ich noch wie Mama?«

Papa nahm sie fester in den Arm. »Wenn du lächelst, sehe ich sie lächeln. Wenn du lachst, höre ich sie lachen«, sagte Papa sanft. »Aber du bist auch selbst eine besondere Person.«

»Was meinst du damit?«, fragte Libby. »Und inwiefern bin ich wie Mama?«

»In den schwersten Zeiten hob deine Mutter den Kopf und warf ihre langen Haare zurück, genauso wie du. Sie sagte: ›Wir gehen weiter.‹ Sie schwamm gegen den Strom, auch wenn es schwierig war.«

Mehr als einmal hatte Libby am Fenster der Kapitänskajüte gestanden und hinuntergeschaut. Sie mochte es jedes Mal, wenn sie sah, wie der Bug der *Christina* das Wasser durchschnitt. Es war nicht einfach, gegen den Strom zu fahren.

Stromabwärts, ja, das war einfach für die Kielboote und Flöße, die auf dem Fluss verkehrten, wenn er eisfrei war. Doch bevor die Dampfmaschine erfunden wurde, war es schwierig, stromaufwärts zu fahren.

»Deine Mutter war mutig, Libby. Wenn etwas schiefgelaufen war oder wenn ich Angst hatte, war sie mutig.«

Mutig sein – das ist genau das, was ich brauche, dachte Libby wie schon mehrmals zuvor. »Papa«, fragte sie, »wie hat Mama Mut bekommen?«

»Echter Mut kommt von Gott«, antwortete Papa einfach. »Gott war ihr sehr wichtig.«

Er könnte auch mir wichtig sein. Libby dachte an die Worte zurück, die ihr so real erschienen waren im dunklen Raum im Innern des Dampfers. Trotz ihrer schrecklichen Angst erinnerte sie sich gern an diesen besonderen Augenblick. *Bedeutet dies, Gott so zu kennen, wie Mama ihn gekannt hat? Wie Papa ihn jetzt kennt?*

Dann schob Libby ihre Gedanken beiseite. *Ich brauche Gott nicht im Alltag. Nur wenn ich verzweifelt bin.*

***

Nach dem Unterricht am darauffolgenden Morgen nahm Libby Stifte und Papier und ging in den Bereich, wo Passagiere der Ersten Klasse sich bewegen konnten. Als sie in Chicago lebte, hatte Libby Zeichenunterricht genommen, und sie übte, wann sie nur konnte. *Eines Tages werde ich Künstlerin,* sagte sich Libby. Doch heute musste sie sich noch um etwas anderes kümmern. *Wenn Riggs vorbeispaziert, sehe ich ihn sofort.*

Neben der Reling ließ Libby sich aufs Deck fallen. Von hier aus konnte sie die Uferlandschaft bewundern und gleichzeitig alle Passagiere im Auge behalten. Zuerst skizzierte Libby die Bäume, an denen sie vorbeifuhren. Einige davon hatten die kleinen, hellgrünen Blätter des frühen Frühlings. Dann kam ein kleines Mädchen mit ihren Eltern auf das Deck heraus.

Bald begann Libby, das Kind zu zeichnen. Eine Linie hier, eine Linie da. Innerhalb kürzester Zeit nahm das kleine Mädchen Gestalt an. Libby begutachtete ihre

Zeichnung und war zufrieden. *Nur noch ein paar dünne Locken um ihr Gesicht herum.*

Als Libby das Bild auf Armlänge vor sich hielt, ging der Vater des Mädchens hinter ihr vorbei. »Wie gut Sie unsere Tochter getroffen haben!«, lobte er. »Bitte, können wir es Ihnen abkaufen?«

»Abkaufen?« Libby war überrascht, dass jemand Geld bezahlen würde für das, was sie gezeichnet hatte. Doch der Mann zog seine Frau herüber, damit auch sie sich das Bild anschaute.

»Es ist wunderschön!«, rief sie aus. »Machen Sie das für alle Passagiere?«

Libby schüttelte den Kopf. »Nur für ausgewählte. Ihre Tochter ist mir beim Spielen aufgefallen.«

»Es sieht genauso aus wie sie«, meinte die Mutter. »Es wäre ein reizendes Andenken an unsere Reise.«

»Bitte«, sagte der Vater erneut. »Lassen Sie es uns kaufen.« Er griff in seiner Tasche nach Geld. »Wäre das genug?«, fragte er, als er Libby eine kleine Goldmünze in die Hand drückte.

Genug? Libby starrte das Geld an. *Er will mir so viel zahlen?*

Dann riss sie sich zusammen und lächelte so, wie sie es oft vor dem Spiegel geübt hatte. »Danke, das ist in Ordnung so«, antwortete sie. »Danke, dass Ihnen meine Zeichnung gefällt.«

»Bitte signieren Sie das Bild«, bat die Mutter schnell.

Signieren? Wie macht man das?, fragte sich Libby. Dann erinnerte sie sich trotz ihrer Aufregung an ein Bild im Haus ihres Lehrers. Libby nahm den Stift nochmals zur Hand und fügte ihren Namen hinzu. *Libby Norstad, 1857.*

Als sie die Zeichnung der Mutter überreichte, platzte Libby beinahe vor Freude. *Ich hab's geschafft! Ich hab's tatsächlich geschafft! Ich habe eine Zeichnung verkauft!*

Die Familie entfernte sich, und als Libby hochschaute, stand Caleb vor ihr. Sie hatte keine Ahnung, wann er an Deck gekommen war. »Hast du das gesehen?«, fragte Libby ihn. »Ich kann es kaum glauben!«

»Aber ich.« Calebs blaue Augen blickten begeistert. »Ich habe deine Zeichnung gesehen, und sie war gut – echt gut!«

Sein Lob verschlug Libby die Sprache. *Wenn Caleb etwas sagt, meint er es auch so. Vielleicht werde ich wirklich eines Tages Künstlerin.*

»Und weißt du was?«, fragte Caleb. »Ich habe das Gefühl, dass deine Zeichenkünste uns dabei helfen werden, Jordans Familie zu befreien. Ich weiß zwar noch nicht wie, aber lass uns darüber nachdenken.«

Erst dann besann sich Libby. Sie war so ins Zeichnen vertieft gewesen, dass sie ganz vergessen hatte, nach Riggs Ausschau zu halten.

***

Nachdem die *Christina* in LaCrosse, Wisconsin, angelegt hatte, fragte Libby Elsa, ob sie mit ihr spazieren gehen wolle. Elsa erklärte sich sofort einverstanden, und Samson folgte ihnen die Anlegeplanke hinunter.

In der Nähe der Stelle, wo die Flüsse Black River und LaCrosse River in den Mississippi flossen, fand Libby einen Stock, den sie für Samson warf. »Hol ihn, Samson!«

Der Hund sprang in die Luft und fing den Stock mit dem Maul. Als Samson den Stock zurückbrachte, warf Libby ihn erneut weg.

Schon bald übernahm Elsa das Spiel und warf den Stock für Samson. Jedes Mal, wenn er ihn zurückbrachte, legte Samson den Stock vor Elsas Füße und wartete, bis sie »Guter Hund!« sagte.

Da sie es für Samson schwieriger machen wollte, warf Libby den Stock das nächste Mal viel weiter als zuvor. Der Wurf war jedoch nicht mehr zielgerichtet, und der Stock landete im kalten, dunklen Wasser des Mississippi.

Sofort rannte der Hund hinterher. Am Flussufer hielt er die Vorderpfoten zusammen und tauchte ins Wasser. Schnell paddelte er zum Stock und nahm ihn ins Maul.

Als Samson Libby den Stock brachte, lachte sie. »Du bist definitiv nicht wasserscheu!« Diesmal warf sie den Stock absichtlich in den Fluss. Erneut fischte Samson den Stock heraus, wobei er das Schwimmen im eiskalten Wasser zu genießen schien.

»Machen wir es noch schwieriger«, meinte Caleb, als er zu ihnen stieß. »Das gefällt Samson.«

Am Flussufer fand Caleb einen Ast, der angespült worden war. Nachdem er ihn Samson gezeigt hatte, warf er ihn mit Schwung ganz weit hinaus.

»Warum friert er nicht?«, wollte Elsa wissen, während sie Samson beim Schwimmen beobachtete.

»Er ist dafür gezüchtet worden«, erklärte Caleb.

»Neufundländer haben zwei Fellschichten, die lange äußere, die man sieht, und eine kurze innere Schicht.«

»Wie hast du ihn genannt?«, fragte Elsa.

»Neufundländer. Hochseekapitäne halten Neufundländer auf ihren Schiffen, um Menschen zu retten, falls jemand über Bord fällt.«

Bald brachte Samson den Ast zurück und legte ihn Caleb zu Füßen. Eine Weile ließ Caleb Samson schwimmen, und der Hund spielte wie ein Kind im Wasser. Schließlich holte Calebs leiser Pfiff ihn zurück.

Obwohl Elsa einen Pullover und eine Jacke trug, waren ihre Lippen blau vor Kälte. Sie umarmte sich selbst, um sich gegen den beißenden Frühlingswind zu schützen.

Als sie Elsas blasse Wangen sah, wurde Libby unwohl zumute. »Lass uns zurückgehen!«, schlug sie vor. Je weiter sie nach Norden reisten, desto mehr schien die Kälte Elsa zuzusetzen. Doch Elsa konnte sich nirgends aufwärmen. Die Menge der Deckpassagiere versperrte ihr den Weg zum Ofen im Raum auf dem Hauptdeck.

Als sie die enge Stelle erreichten, wo sich Familie Meyer aufhielt, benutzte Elsa Libbys Steppdecke, um sich Kopf und Schultern zu bedecken. Nur ein Teil ihrer blonden Haare und ihr allzu weißes Gesicht waren zu sehen. Wenn sie sprach, klapperte sie vor Kälte mit den Zähnen.

Ich bringe Elsa zum Ofen in der Hauptkajüte, dachte Libby. Dann fiel ihr ein, dass jener Ofen nur für Passagiere der Ersten Klasse bestimmt war.

Doch Libby verwarf den Gedanken. *Papa hat Mut erwähnt. Vielleicht ist es mutig, Elsa dorthin zu bringen.*

Die Sorge um ihre Freundin erleichterte ihr die Entscheidung. *Elsa ist nur EIN Mensch. Es ist ja nicht so, dass ich alle hundertfünfzig Deckpassagiere einlade!*

»Komm«, sagte Libby. »Ich bringe dich zur Hauptkajüte. Da gibt es einen Ofen, an dem du dich wärmen kannst.«

Elsa zögerte. »Aber Libby, das ist für Leute, die den vollen Fahrpreis bezahlen.«

»Na und?«, gab Libby zurück.

Elsa wirkte verlegen. »Wir haben nicht den vollen Fahrpreis bezahlt. Nicht einmal den vollen Preis für die Fahrt auf dem Deck. Vater bezahlt dafür, indem er Holz trägt.«

»Ich weiß, ich weiß.« Libby war dabei, als sie an Bord kamen. *Ich kann Elsa trotzdem zur Hauptkajüte mitnehmen*, dachte sie. *Niemand wird es je erfahren.*

»Glätte dein Kleid«, befahl sie Elsa. »Verhalte dich so, als wüsstest du, was du tust.«

»Das gefällt mir nicht, Libby. Mir geht's gut hier auf dem Deck. Deine Decke hilft sehr.«

Ohne ein weiteres Wort ging Libby auf die breite Treppe zu, die sich auf der Vorderseite des Dampfers befand. Halb ängstlich und halb sehnsüchtig legte Elsa die Steppdecke beiseite und folgte Libby.

In der Hälfte teilte sich die breite Treppe in zwei schmalere Treppen auf. Elsa ging auf dem dicken roten Teppich wie Aschenputtel zum Ball.

Als sie das Kesseldeck erreichten, öffnete Libby die Doppeltür zur Hauptkajüte. Sie hatte sich an den ungewöhnlich schönen Raum gewöhnt, doch Elsa stand mit großen, ehrfurchtsvollen Augen am Türeingang.

»Dieser eine Raum ist beinahe so lang wie der ganze Dampfer!«, rief sie aus.

Nun, zwischen den Mahlzeiten, war der Raum aufgeteilt. Auf der einen Seite gab es einen Teil mit Teppich, wo ein paar Frauen im Kreis saßen und sich unterhielten. Wenn sie nicht explizit darum gebeten worden waren, wurde von den Männern erwartet, dass sie sich am anderen Ende aufhielten. Dieser Teil des Holzbodens war nicht mit Teppich bedeckt wegen der Männer, die beim Tabakspucken den Spucknapf verfehlten.

Riesige Ölgemälde hingen an den langen Seiten des Saals. Wie ein Falter, der vom Licht angezogen wurde, fühlte sich Elsa zu diesen Bildern hingezogen.

»Hierher«, sagte Libby, um damit ihre Freundin zum Ofen auf der Damenseite zu lotsen.

Doch Elsa hatte vergessen, dass sie sich aufwärmen wollte. Ohne auf Libby zu hören, steuerte sie direkt auf das nächste Gemälde zu.

Beim ersten Bild blieb Elsa stehen und blickte nach oben. »Oooh!«, hauchte sie.

Dann ging sie zum zweiten Bild und bestaunte es. »Schön, schön!«, rief sie mit einem starken Akzent.

Da bemerkte Libby, dass eine Frau Elsa anstarrte, sich dann nach vorne beugte und eine zweite Frau am Arm berührte. Als sich beide Frauen nach Elsa umdrehten, wusste Libby, dass sie in Schwierigkeiten waren.

»Elsa!«, sagte Libby leise. »Vergiss die Bilder! Los, geh zum Ofen und stell dich neben ihn!«

Stattdessen eilte Elsa weiter zum nächsten Bild. Libby sah, wie die zweite Frau eine dritte anstieß, dann eine vierte. Bald waren die Blicke der ganzen Gruppe auf Elsa gerichtet.

Als sie sich Libby zuwandte, bemerkte Elsa die Frauen. Sie wurde ganz rot im Gesicht. »Lass uns gehen, Libby«, flüsterte sie.

Libby war froh, dass sie gehen konnten, doch es war bereits zu spät. In diesem Augenblick ging Herr Bates auf dem Gang zwischen dem Frauen- und dem Männerteil vorbei. Eine der Frauen gab dem Ersten Offizier ein Zeichen. Obwohl Libby nichts verstehen konnte, wusste sie genau, was sie sagten.

Libby ging so schnell, wie sie es wagen konnte, zur großen Haupttür, Elsa dicht hinter ihr. Bates holte sie an der Tür ein.

»So so, Fräulein Libby«, sagte er. »Denken Sie, dass Sie die Regeln brechen dürfen, nur weil Sie die Tochter des Kapitäns sind?«

Elsa errötete noch stärker. *Sie versteht es*, dachte Libby, und das beschämte sie noch mehr. Ohne etwas zu sagen, eilten Libby und Elsa die Treppe mit dem roten Teppich hinunter.

Nach der Pracht der Hauptkajüte erschienen der Schmutz und das Gedränge auf dem Hauptdeck noch schlimmer.

Das war wohl kein Mut, dachte Libby. *Jetzt, da Elsa weiß, wie Passagiere der Ersten Klasse wohnen, ist es noch schlimmer, ein Deckpassagier zu sein.*

Dann hatte Libby eine Idee.

Eifersucht

Ich werde Papa fragen, ob Elsa an unserem Unterricht teilnehmen kann«, teilte Libby Oma am nächsten Morgen mit. »In Papas Kajüte ist ihr wenigstens einen halben Tag lang warm.«

Dann wurde ihr klar: »Elsa liest Deutsch. Wie bringe ich ihr wohl Englisch bei?«

»Beginne wie mit Jordan«, riet Oma ihr. »Teste, ob sie das englische Alphabet kann.«

Erneut nahm Libby Essen in einem Tuch mit, das sie sich unter die Jacke steckte. »Danke, Oma.« Sie beugte sich zur älteren Frau hinunter und gab ihr einen flüchtigen Kuss auf die Wange.

Als Libby das Essen ablieferte, setzte sie sich, um mit Elsa etwas zu besprechen. »Caleb und ich haben jeden Tag Schule. Mein Papa unterrichtet uns. Würdest du gerne mit uns in den Unterricht kommen?« Diesmal war Elsa auf der Hut, was Libbys Ideen anging. Sie wollte nichts mehr davon wissen, irgendwohin zu gehen, wo sie nicht hingehörte, nur um sich aufzuwärmen. Ihr Stolz war zu groß.

Stolz?, fragte sich Libby. *Oder ein freier Geist?* Was es auch war – Libby wollte es nicht zerstören.

»Ist dein Vater, der Kapitän, denn einverstanden?«, fragte Elsa vorsichtig.

»Papa sagt: ›Bring Elsa zur Schule. Wenn sie will, bringen wir ihr bei, Englisch zu lesen und zu schreiben.‹«

»Englisch?« Ein Lächeln breitete sich auf Elsas blassem Gesicht aus. Zu ihren Eltern sagte sie etwas in schnellem Deutsch.

Herr Meyer hörte zu und nickte zustimmend. »Geh ruhig. In Amerika musst du mehr Englisch verstehen.«

»Ja.« Auch Frau Meyer schien dafür Verständnis zu haben. »Du lehrst es uns.«

Als Libby ihre Freundin aus dem Gedränge auf dem Deck führte, fühlte sich Elsas Hand kalt an. Doch ihr Gesicht leuchtete aufgeregt.

Kapitän Norstad war noch nicht in seiner Kajüte. Caleb saß mit Jordan an einer Seite des Tisches. Libby und Elsa setzten sich ihnen gegenüber.

Elsa kannte das englische Alphabet bereits gut. Während Libby sich fragte, was sie als Nächstes tun sollte, hörte sie Caleb zu. Er zeigte auf Samson, der vor der Tür lag.

»Hund«, sagte Caleb. Er sprach jeden Buchstaben deutlich aus. »H-u-n-d. Hund.«

Sorgfältig schrieb er die Buchstaben in Druckschrift auf eine Tafel. Auf einer anderen Schiefertafel schrieb Jordan das Wort ab.

Da entschloss sich Libby, dasselbe zu tun. Sie zeichnete Caleb und zeigte auf ihn. »Junge. J-u-n-g-e.«

»Junge«, wiederholte Elsa, dann schrieb sie das Wort von Libby ab.

Bald begann Libby schwierigere Begriffe zu zeichnen – zum Beispiel ihren Vater mit seiner Kapitänsmütze auf dem Kopf. »Kapitän«, schrieb sie.

Als Caleb ihm lauter einfache Wörter beibrachte, unterbrach Jordan ihn. »Ich will schreiben mein'n Namen.«

Caleb sprach *Jordan* langsam und deutlich aus, dann schrieb er den Namen auf.

Sobald Jordan seinen Vornamen schreiben konnte, wollte er seinen Nachnamen, *Parker*, schreiben können. Erneut schrieb Caleb den Namen für ihn.

Als Jordan alles abgeschrieben hatte, hielt er seine Schiefertafel hoch. Stolz zeigte er ihnen, was er gemacht hatte. »Jordan Parker«, las er laut vor, als könnte er kaum glauben, was er sah.

Plötzlich begann er zu lachen. »Ich wünschte, mein Daddy und meine Mamma mich jetzt sehen könnten!«

Von seiner Begeisterung angesteckt lachte Elsa auch. Sie so glücklich zu hören, erwärmte Libby das Herz.

Es war gut, Elsa hierherzubringen, dachte Libby. *Das ist wahrscheinlich die Art von Mut, die Papa gemeint hat.*

Doch da blickte Caleb über den Tisch zu Elsa hinüber. Als sähe er sie zum ersten Mal, studierte Caleb ihr Gesicht.

Obwohl sie so dünn war, besaß sie eine besondere Schönheit. Hier, wo sie nicht vor Kälte mit den Zähnen klapperte, sah Libby ihre weißblonden Haare und tiefblauen Augen in einem neuen Licht.

»Du bist jetzt frei?«, fragte Elsa Jordan.

Jordan wurde steif. Unsicher, was er sagen sollte, blickte er zu Caleb hinüber. Caleb antwortete an seiner Stelle: »Elsa, was glaubt deine Familie in Bezug auf Sklaverei?«

»Mein Vater sagt: ›Niemand soll Sklave sein!‹« Elsa imitierte ihren Vater und schlug mit der Hand auf den Tisch. »›Ach!‹, sagt er. ›Niemand sollte unfair behandelt werden!‹«

Elsas blaue Augen blitzten schelmisch. Sie sprach Jordan direkt an: »Dann hast du also Angst davor, mir zu erzählen, dass du davongelaufen bist?«

Jordan blickte ihr in die Augen. »Angst nich'. Aber ich wünschte, dass du es nicht wissen musst.«

»In meinem Land …« Elsa zuckte mit den Schultern, als wüsste sie genauso, was es hieß, arm zu sein und unfair behandelt zu werden. »Meine Familie hat es verlassen. Wir hoffen auf etwas Besseres.«

Caleb lehnte sich vor. »Elsa, wenn deine Familie ins Minnesota-Territorium geht, wo werdet ihr dann leben?«

»Mein Vater will Land finden in der Nähe von Red …«, versuchte sich Elsa an den Namen zu erinnern.

»Red Wing«, half Caleb ihr schnell. »Eine Ortschaft oberhalb vom Lake Pepin. Dann werden wir dich wiedersehen. Nachdem ihr von Bord gegangen seid, meine ich. Die *Christina* hält oft in Red Wing.«

O ja, tatsächlich? Ein ungutes Gefühl drehte Libby den Magen um. Es gefiel ihr nicht, wie Caleb Elsa anschaute. *Hat er das vor – Elsa öfter zu sehen?*

Diese Vorstellung gefiel Libby ganz und gar nicht. Sie wünschte sich, sie hätte Elsa nicht in Papas Kajüte gebracht. Nun würde Caleb sie immer sehen, wenn sie Schule hatten.

Ein flaues Gefühl breitete sich in Libbys Magengrube aus. Manchmal, wenn sie dieses Gefühl hatte, musste sie sich übergeben. Nun war ein Gedanke der Auslöser für dieses flaue Gefühl: *Es ist in Ordnung, wenn Elsa und Caleb miteinander befreundet sind. Aber was, wenn er sie wirklich mag?*

***

Während des Unterrichts an diesem Nachmittag sprang Caleb unvermutet von seinem Platz am Tisch auf. »Wir sind fast da! Reads Landing, wir kommen!«

Das Dorf lag am südlichen Ende des Lake Pepin. Libby und die anderen folgten Caleb zum Fenster. Sie konnten bereits die Schaufelraddampfer ausmachen, die im offenen Wasser vor Reads Landing festgemacht waren. Libby begann die Dampfschiffe zu zählen.

»Es sind mindestens zehn!«, rief sie aus. »Werden wir das Rennen gegen all diese Dampfer antreten?«

»Wahrscheinlich gegen mehr«, antwortete Caleb. »Einige warten in Wabasha.«

Wabasha war das Dorf direkt südlich von Reads Landing. Zu Libbys Überraschung schien Caleb ziemlich unbekümmert über die große Konkurrenz. Er freute sich einfach auf die Wettfahrt.

Reads Landing war auf drei Seiten von hohen Klippen umgeben und schien dadurch wie von einer Hand gehalten zu werden. Auf der vierten Seite befand sich der Fluss. Sobald die Anlegeplanke ausgefahren wurde, gingen Libby, Caleb und Elsa von Bord der *Christina*. Während sie am Ufer entlanggingen, betrachtete Libby alle Dampfschiffe ganz genau.

Einige hatten eine große Strecke zurückgelegt. Zum Teil kamen sie von Cincinnati oder anderen Orten entlang des Ohio-Flusses. Doch nichts konnte Libby davon überzeugen, dass irgendeins davon – nicht einmal die großen, neueren Dampfer – so schön wie Papas Dampfschiff war.

Bald gingen die drei eine steile Straße hinauf. Auf

einem hohen Hügel bot sich ihnen eine gute Sicht auf die Hausdächer und Hotels und bis hinaus zu den Dampfern mit den hohen Schornsteinen, die Libby so sehr mochte.

Hätte ich doch nur meine Farben dabei, dachte sie. Falls sie Zeit hatte, wollte sie zum Zeichnen allein hierher zurückkommen.

Von einer früheren Reise her wusste Caleb, dass es weiter flussaufwärts einen Ausguck noch näher am Fluss gab. »Möglicherweise müssen wir noch lange warten, bis das Eis weg ist«, meinte er.

Libby wusste, dass der Versuch, durchs Eis zu fahren, gefährlich war. Normalerweise war der Fluss oberhalb und unterhalb zwei Wochen vor dem See eisfrei. »Woher wissen die Kapitäne, wann es sicher ist, den See zu durchqueren?«, fragte sie.

»Sie wissen es nicht immer.« Caleb zeigte auf eine schmale Linie zwischen dem Flussufer und dem Eis. »Wenn der Fluss zu steigen beginnt, wird diese Fläche größer. Manchmal versuchen Dampfer durchzukommen, aber das Wasser ist nicht tief genug. Wenn der Wind dreht, kann der Dampfer vom Eis zerschmettert werden.« Caleb klatschte zur Demonstration in die Hände.

Eine leichte Brise spielte mit Elsas weißblonden Haaren. An der frischen Luft hatten sich ihre blassen Wangen rosa gefärbt.

Sie ist wunderschön! Erneut regte sich Eifersucht in Libby.

Auf dem Rückweg beachtete sie die großen Dampfschiffe, die Seite an Seite am Flussufer festgemacht waren, kaum. Ein Gedanke setzte sich in ihrem Kopf fest: *Ist Caleb etwa in Elsa verliebt?*

***

Zurück auf der *Christina* erfuhren sie, dass der berühmte Kapitän Daniel Smith Harris noch nicht angekommen war. Libby war größtenteils froh darüber. Wenn der vierfache Gewinner nicht am Rennen teilnahm, hatte Papa bessere Gewinnchancen. Doch Libby wusste, dass sich ihr Vater darauf gefreut hatte, seinen Freund wiederzusehen.

Am nächsten Morgen fuhr Libby aus dem Schlaf hoch. Die *Christina* war in Bewegung! Hieß das, dass das Rennen begonnen hatte?

Rasch kleidete Libby sich an und eilte auf das Sturmdeck hinaus. Rauch stieg aus den hohen Schornsteinen auf. Unten auf dem Deck drängten sich die Passagiere an die Reling, um die beste Sicht zu haben.

Das kalte, dunkle Wasser wurde von den Schaufelrädern aufgewühlt, und die *Christina* dampfte stromaufwärts zur großen Verbreiterung des Mississippi, die Lake Pepin genannt wurde. »Vielleicht ist heute der Tag, an dem sich der See öffnet!«, rief Libby aus, als sich Caleb neben sie auf das Deck setzte.

»Ich will unbedingt, dass dein Papa gewinnt!«, sagte er. »Stell dir vor, wie aufregend das wäre!«

Libby wagte sich kaum vorzustellen, was es bedeuten könnte, wenn ihr Papa das Rennen gewönne. Den ganzen Sommer über fuhr die *Christina* zwischen Saint Louis und Saint Paul hin und her. Falls Papa siegte, konnte er die ganze Saison gratis in Saint Paul anlegen.

Als sich die *Christina* der großen Eismasse, die den Fluss versperrte, näherte, schaute Libby genau hin. Im Licht des frühen Morgens sah das Eis grau und weich und schwammig aus. Doch das Eis war stärker, als es den Eindruck machte.

Drei andere waghalsige Dampfer waren vor ihnen. Einer war die *War Eagle*; Libby sah, wie Kapitän Kingman Papa zuwinkte. Ein anderer war die *Galena* mit Kapitän Laughton. Sein Steuermann, Stephen Hanks, grinste zu Caleb hinunter.

»Ist er ein Freund von dir?«, fragte Libby.

»Ich habe gestern Abend mit ihm gesprochen«, sagte Caleb. »Er ist der Cousin eines Senators von Illinois. Ein Mann namens Abraham Lincoln.«

In diesem Augenblick verlangsamte die *Christina* ihre Schaufeln, und ihr Bug stieß gegen das Eis. Der Stoß war auf dem ganzen Dampfer spürbar, bis zu Libby hinauf. Auf dem unteren Deck jubelte die Menge.

Immer wieder stoppte der Steuermann der *Christina*, ließ die Schaufelräder rückwärts laufen, fuhr ein Stück rückwärts und dann wieder vorwärts. Immer wieder stieß der Bug der *Christina* gegen das Eis. Schließlich teilte es sich und bildete eine schmale offene Spur. Als die *Christina* ins offene Wasser stampfte, ging ein Aufschrei durch die Menge.

Bald jedoch schloss sich das Eis erneut. Egal, wie oft sie dagegenstießen – das Eis blieb fest. Schließlich gab Kapitän Norstad den Befehl, nach Reads Landing zurückzukehren. Als die *Christina* mit dem Heck voran aus dem schmalen Kanal hinausmanövrierte, war Libby bitter enttäuscht.

Caleb sah genauso entmutigt aus. »Vielleicht morgen«, sagte er.

Doch Libby wusste, dass es die anderen Dampfer bereits seit einer Woche jeden Tag versuchten.

***

Aus zwei Tagen wurden drei Tage, und die Passagiere auf der *Christina* wurden langsam ungeduldig. Auf dem Weg zu Elsa sah Libby mehrere Männergruppen auf dem Deck, die miteinander diskutierten. Herr Meyer war einer derjenigen, die Fragen stellten.

»Oberhalb vom Lake Pepin ist der Fluss offen«, berichtete ein Mann. »Kleinere Schiffe, die normalerweise nur auf dem Minnesota River verkehren, gelangen von Saint Paul nach Red Wing.«

»Ja?«, fragte Herr Meyer. »Und wie kommen wir nach Red Wing?«

»Es gibt einen Pfad um den Lake Pepin herum«, antwortete der Mann. »Wenn wir zu Fuß nach Red Wing gehen, können wir eine Fahrt nach Saint Paul buchen. Oder sonst irgendwohin gehen, wohin wir wollen. Dann sind wir vor den anderen Passagieren da, um das beste Land zu bekommen.«

Vor den anderen Passagieren, dachte Libby. Mit jeder Stunde, die verstrich, wurden die Männer, die darauf warteten, dass das Eis schmolz, nervöser.

Als Libby Elsa aufsuchte, lud diese Libby ein, Platz zu nehmen. »Heute lehre ich dich Deutsch«, kündigte Elsa an.

Elsa setzte ein ernstes Lehrergesicht auf. »Erstes

Wort: *Auf Wiedersehen.*« Sie sprach es für Libby sorgfältig aus. »Auf Wie-der-se-hen.«

»Auf Wie-der-se-hen!« Libby konnte dies kaum aussprechen. »Ich habe dir einfache englische Wörter gegeben! Du gibst mir etwas wirklich Schwieriges!«

Elsa kicherte. »Es bedeutet: ›Bis wir uns wieder sehen!‹ Bald werde ich mich von dir verabschieden. Ja?«

Hin- und hergerissen nickte Libby. Elsa war die beste Freundin, die sie seit Chicago gehabt hatte. Doch vielleicht vergaß Caleb Elsa, wenn sie wegging.

Libby schob den Gedanken beiseite. »Ich werde dich vermissen«, sagte sie sanft. »Lass uns noch nicht heute ›Auf Wiedersehen‹ sagen.«

Als sich Herr Meyer zu seiner Familie gesellte, runzelte er besorgt die Stirn. »Ich muss euch hier zurücklassen«, sagte er zu Elsas Mutter. »Ich muss gutes Land finden – Land in der Nähe des Flusses, wo es Wasser gibt für unser Vieh.«

»Ja?«, fragte Frau Meyer. »Und gibt es einen Weg um das Eis herum?«

»Wenn man zu Fuß geht«, antwortete Herr Meyer.

»Ist es gefährlich?«

»Ja. Es ist gefährlich, aber der einzige Weg. Ich muss jetzt nach Red Wing gehen, bevor das beste Land weg ist.«

Als seine Frau ihm einen Keks anbot, schüttelte er den Kopf und warf dann einen Blick in Richtung Libby und Elsa.

»Libby?«, fragte Frau Meyer. »Willst du einen Keks?«

»Nein, danke«, antwortete Libby schnell.

Als Elsa einen Keks nahm, aß sie ihn langsam, als ob sie jeden Bissen möglichst lange genießen wollte.

Die Wurst ist also alle. Jetzt gibt's nur noch Kekse.

Libby konnte es nicht ertragen, Elsa beim Essen zuzusehen, und stand auf. *Ich werde bei Oma noch mehr Essen holen*, dachte sie, als sie wegging. Sie machte sich große Sorgen um ihre Freundin.

Calebs Warnung

Am nächsten Morgen verließ eine große Gruppe Männer und Jungen die *Christina*. Herr Meyer war unter ihnen. Mit großen, verängstigten Augen sah Elsa ihren Vater an, als sie sich von ihm verabschiedete.

Kapitän Norstad stand neben der Anlegeplanke und schaute zu, wie sich die Männer auf den Weg machten.

»Es tut mir leid«, beteuerte er immer wieder.

»Wieso hast du das gesagt?«, fragte Libby, als der letzte Mann die Anlegeplanke hinuntergegangen war.

»Ich weiß, wie hart die Reise sein wird. Es ist ein langer, gefährlicher Weg zu Fuß. Ich wollte sie sicher nach Saint Paul bringen.«

Er ging zum Bug der *Christina* und starrte stromaufwärts. Als Libby ihn so sah, dachte sie an Mama und wie sie Papa mitgeteilt hatte, dass sie ihn liebte. Libby ging zu ihrem Vater und sagte: »Ich denke, es ist Zeit für ein Zwinkern.«

Als ihr Vater lachte, fühlte Libby sich besser. »Hast du bemerkt, wie ungern diese Männer dich verlassen haben?«, fragte sie. »Du bist ein guter Kapitän, Papa. Diese Männer hatten keine andere Wahl.«

»Ich weiß, Libby«, erwiderte ihr Vater. »Aber danke, dass du mich daran erinnert hast.«

»Caleb hat einmal etwas gesagt – dass du einen guten Namen hast. Was hat er damit gemeint?«

Papa lächelte. »Der Name Norstad ist etwas, worauf du stolz sein kannst, Libby.«

»Mir gefällt der Name wegen dir«, antwortete Libby. »Aber weshalb bist du stolz auf den Namen?«

»Seit Generationen steht der Name Norstad für etwas. Für Männer, die stark und mutig sind. Für Männer, die gute Entscheidungen treffen, auch wenn es schwierig ist.«

»Und die Frauen?«, wollte Libby wissen. »Was ist mit den Mädchen? Waren sie auch mutig?«

»Sie waren wie du, Libby«, antwortete ihr Vater. »Ich habe dir ja von deiner Mutter erzählt. Aber vergiss nicht, du bist auch eine Norstad.«

Libby hörte mit angehaltenem Atem zu. *Ich werde nie so mutig sein, wie ich sollte,* dachte sie. Laut sagte sie: »Was wussten die Norstad-Frauen, das ich nicht weiß?«

Das Lächeln ihres Vaters sagte Libby, dass er an sie glaubte. »Jedes Mal, wenn du eine gute Entscheidung triffst, auch wenn du Angst hast, wächst du ein wenig. Du wirst schon herausfinden, was es bedeutet, mutig zu sein. Manchmal bedeutet es auch einfach, den nächsten Schritt zu wagen.«

»Den nächsten Schritt wagen?«, fragte Libby. Erneut wünschte sie sich mehr Mut. Doch wenn sie an all die Dinge dachte, die geschehen konnten, verspürte sie Angst bis in die Zehen hinunter.

***

Am Nachmittag holte Samson Libby ab. Er stand vor ihrer Kajüte und bellte kurz.

Als Libby ihm keine Beachtung schenkte, bellte er erneut, diesmal länger und lauter.

Libby öffnete die Tür. Samson bellte so selten, dass sie wusste, dass er nun etwas von ihr wollte.

Als Libby auf das Deck hinausging, lief Samson zur Treppe. Da Libby nicht gleich folgte, kam er zu ihr zurück, nahm ihre Hand in sein weiches Maul und zog daran.

»Was willst du, Samson?«, fragte Libby, während sie ihm übers Deck folgte.

Bei den Treppenstufen ließ Samson los und ging hinunter. Als er das darunterliegende Deck erreichte, blieb er stehen und wartete, bis Libby ihm folgte. Sobald sie ihn eingeholt hatte, ging er weiter. Jedes Mal, wenn Libby stehen blieb, kam Samson zurück, um sie zu holen, bevor er weiterging.

»Was ist los, Samson?«, wunderte sich Libby erneut, als sie das Hauptdeck erreichten. Inzwischen glaubte sie zu wissen, wohin er sie führte. Samson hatte sie schon einige Male zu Elsa gebracht. Diesmal schien er es besonders eilig zu haben.

Bald waren sie bei der engen Stelle, wo sich Familie Meyer aufhielt, angekommen. Der Holzstoß war weg, vom Holzofen aufgefressen, und noch nicht wieder ersetzt worden. Elsa lag auf dem kalten Deck. Ihr Körper und ihr Kopf waren von Libbys Steppdecke bedeckt. Man konnte nur Elsas Gesicht sehen.

Frau Meyer saß neben ihr auf dem Deck, sang leise etwas auf Deutsch und tupfte Elsas Gesicht mit einem nassen Schwamm ab.

Samson drängte sich ganz dicht an Elsa, als wolle er sie dazu bringen, »Guter Hund!« zu ihm zu sagen. Als er bellte, streckte Elsa die Hand aus, und er ließ sich neben sie aufs Deck fallen. Elsas Lippen formten sich zu einem schwachen Lächeln. Ihre Augen schienen schwer zu sein, sie schloss sie bald wieder.

Dann zuckten ihre Beine unter der Steppdecke. Als sie ihre Knie hochzog, riss sie plötzlich die Augen auf. Ein schmerzvolles Stöhnen entwich ihren Lippen.

Bei ihrem Anblick erschrak Libby. Seit sie sie zum ersten Mal getroffen hatte, war Elsa zu blass, zu dünn, zu zerbrechlich. Wie lange schon beschränkte sich ihre Nahrung auf das, was sie irgendwie bekommen konnte? Wie lange war ihr nicht mehr richtig warm geworden? Wie lange war sie schon ohne ein Zuhause?

Mehr als einmal hatte Papa von der langen Reise über den Atlantik erzählt. Nach einer überfüllten Fahrt, auf der die Einwanderer Schmutz und Krankheiten ausgesetzt waren, stiegen sie in New Orleans auf ein Dampfschiff um. Damit änderten sich Wasser und Ernährung nochmals.

Libby kniete sich zu ihrer Freundin und sprach sie an: »Elsa!«

Plötzlich bekam Elsa einen Brechreiz. Sie würgte, und Frau Meyer griff nach einem Eimer.

»Ich hole Hilfe«, sagte Libby schnell. Als sie sich entfernte, fiel ihr ein, dass Papa nach Reads Landing gegangen war. *Vielleicht sollte ich Caleb suchen. Er wird wissen, was zu tun ist.*

Dann kam ihr ein anderer Gedanke. *Caleb mag Elsa lieber als mich.*

Eine heiße Röte stieg Libby ins Gesicht. *Ich kann gar nicht glauben, dass ich das wirklich gedacht habe.*

Beschämt erinnerte sie sich daran, was Papa über den Mut der Norstads gesagt hatte.

Einen Augenblick lang stand Libby da und wusste nicht recht, was sie tun sollte. *Bin ich neidisch auf Elsa? Oder kümmere ich mich um sie?*

Sie wirbelte herum und kehrte zu Elsa zurück. Als sie schließlich ihre Freundin erreichte, hatte sie bereits einen Plan. Ganz nah bei Frau Meyer kniete sie sich hin und sprach ganz leise, sodass es die anderen Deckpassagiere nicht hören konnten. »Ich will Elsa in meine Kajüte nehmen. Dort hat sie ein Bett, und es ist dort wärmer, sie ist weg vom kalten Wasser.«

Frau Meyer verstand. Dankbarkeit leuchtete in ihren Augen auf. Schnell raffte sie ihre wenigen Habseligkeiten zusammen und packte sie in den Schrankkoffer.

Libby lehnte sich nah an Elsa. »Ich bringe dich in meine Kajüte«, sagte sie. »Denkst du, du kannst gehen?«

Elsas Augenlider öffneten sich einen Spaltbreit, und sie nickte. Dann wurde sie von einem Schmerzkrampf gepackt. Stöhnend umklammerte sie sich eine Wade.

Nachdem Elsas Krämpfe vorüber waren, hob Libby einen Arm von Elsa und legte ihn sich über die Schulter. »Steh auf«, forderte sie Elsa auf.

Frau Meyer schlüpfte unter Elsas anderen Arm. Mit Elsa zwischen ihnen schwankten sie zur Treppe. Stufe für Stufe stiegen sie zum Kesseldeck empor. Elsa halb schleifend, halb tragend, gingen sie auf dem Deck weiter. Auf der schmaleren Treppe zum Sturmdeck hinauf wurde es noch schwieriger. Schließlich erreichten sie das Texasdeck und Libbys Kajüte. Dort ließ sich Elsa aufs Bett fallen. Ihre Mutter half ihr, sich bequem hinzulegen.

Libbys Schrankkoffer war gegen die Tür auf der anderen Seite der Kajüte gelehnt. Libby öffnete die Tür und schob ihn aufs Deck hinaus. Da sah sie Jordan. »Kannst du mir bitte helfen?«, bat Libby ihn. Sie führte ihn die Treppen hinunter, um den Schrankkoffer von Familie Meyer heraufzutragen.

»Was ist mit Elsa los?«, fragte Jordan, als alles an seinem Ort war und sie wieder auf dem Texasdeck standen.

»Sie ist sehr krank«, erklärte Libby. »Sie muss sich übergeben, aber es ist keine Grippe. Ihre Beine verkrampfen sich, es ist wahnsinnig schmerzhaft.«

Libby wurde still, als sie Jordans Gesicht sah. Nicht einmal der schreckliche Riggs, der ihn jagte, hatte Jordan so verängstigt.

»Weißte, was Elsa hat?«

Libby schüttelte den Kopf. »Etwas echt Schlimmes. Sag es Oma, ja, und frag sie, was wir sollen tun. Und such Caleb.«

***

Mit dem Rücken an die Wand in der Nähe ihrer Kajüte gelehnt saß Libby auf dem Deck und wartete. *Wenn bloß Papa hier wäre! Oder Caleb. Oder Oma.*

Libbys rotierende Gedanken kamen auf keinen grünen Zweig. Sie wünschte sich, sie könnte so beten wie Papa und Caleb und Jordan.

Wie um sie zu trösten, ließ sich Samson neben ihr aufs Deck plumpsen. Hier und da hörte Libby Frau Meyer auf Deutsch mit Elsa reden. Dann las Elsas Mutter ihr aus ihrer großen Familienbibel vor. Libby verstand kein Wort.

Jedes Mal, wenn Elsa stöhnte, zuckte Libby zusammen. Sie konnte es nicht ertragen, ihre Freundin leiden zu hören. Doch gerade als sie dachte, sie halte es nicht mehr länger aus, kam Jordan zurück.

»Ich kann weder Caleb noch Oma nich' finden«, meldete er. »Vielleicht sind sie mit Kapitän Norstad gegangen nach Reads Landing.«

Libby seufzte. Dann stand sie auf und ging ein paar Schritte das Deck hinunter, damit Elsa sie nicht hören konnte.

»Jordan, meinst du, du könntest diesen Arzt holen, der in Saint Louis an Bord gekommen ist? Hutton heißt er, glaube ich.«

»Der gefällt mir gar nich'«, erwiderte Jordan.

»Wie?« Libby starrte ihn an. »Warum nicht?«

»Wenn ich sehe diesen Mann, fühl ich den Bammel genau hier.« Jordan zeigte auf seine Brust.

»Den *Bammel*?«, wiederholte Libby. »Was meinst du damit? Als ich in Keokuk mit ihm sprach, schien er ganz nett zu sein.«

Jordan versteifte sich. »'s ist nich', was er tut, sondern was er ist.«

Ein unbehagliches Gefühl machte sich in Libby breit. Sie wollte Jordans Meinung nicht leichtfertig beiseiteschieben. Irgendwie hatte er ein ungewöhnliches Gespür für Menschen. Gleichzeitig war Libby verzweifelt.

Sie hob den Kopf, warf ihr Haar zurück und schob ihr Unbehagen beiseite. »Elsa benötigt einen Arzt. Wir haben nur Doktor Hutton. Hol ihn bitte!«

Jordan blickte zu Boden. Mit gebeugtem Kopf und hängenden Schultern ging er zu den Treppen.

Nein, warte!, wollte Libby rufen. Doch ihre schreckliche Angst um Elsa hielt sie davor zurück.

***

Kurze Zeit später hörte Libby Schritte auf den Treppenstufen und blickte über das Geländer hinunter. Jordan kam tatsächlich herauf. Er ging schnell und vergewisserte sich von Zeit zu Zeit, dass der Arzt ihm noch folgte. Als Jordan zu Libby kam, schaute er ihr nicht in die Augen. Stattdessen blieb er in einiger Entfernung von ihr stehen, den Kopf gebeugt.

Als Doktor Hutton sie schließlich erreichte, keuchte er. Er stellte seinen schwarzen Arztkoffer auf dem Deck ab.

In Libbys Kajüte saß Frau Meyer auf einem Stuhl neben dem Bett. Als sie den Arzt sah, stand sie auf und trat zur Seite. Doktor Hutton trat ein und ließ die Tür offen. Mit den Händen hinter dem Rücken starrte er über den Rand seiner kleinen, runden Brillengläser hinunter.

Plötzlich stützte sich Elsa mühsam auf einen Ellbogen. Sie musste sich demnächst übergeben, und der Arzt zuckte zurück. »Es ist ihr zweifellos übel«, bemerkte er.

Erneut würgte Elsa. Schnell hielt Elsas Mutter ihr einen Eimer unters Kinn.

Im nächsten Augenblick ging der Arzt rückwärts aus der Kajüte. »Fahren Sie einfach mit dem fort, was Sie bereits tun«, meinte er nachlässig zu Frau Meyer.

Ohne noch einmal zurückzuschauen, eilte der Arzt an Libby vorbei. Als er das Ende des Decks erreichte, drehte er sich um und griff nach seinem Koffer. Dann trampelte er die Treppe hinunter.

Als seine Schritte verhallten, sah Libby zu Jordan hinüber. Weiter hinten auf dem Deck stand er immer noch mit gebeugtem Kopf. Sie ging zu ihm hinüber. Libby spürte ihre Verlegenheit wie einen schlechten Geschmack im Mund.

»Es tut mir leid, Jordan«, entschuldigte sie sich. »Es tut mir leid, dass ich dich gebeten habe, Doktor Hutton zu holen.«

»Schon in Ordnung, Libby.«

»Für einen Arzt hat er definitiv nicht viel ausgerichtet«, sagte Libby.

»Dieser Mann is' kein Arzt nich'.«

»Das ist mir nun auch klar.« Libby tat es im Innersten weh. »Ich wünschte, ich hätte auf dich gehört.«

Jordans aufgewühlter Blick traf den ihren. »Ich weiß, du leidest mit Elsa.«

Als Libby bemerkte, wie viel Verständnis Jordan hatte, begann sie zu weinen. »Ich habe Angst, dass Elsa stirbt«, schluchzte sie. »Und ich weiß nicht, was ich tun soll!«

»Zu Hause …« Jordan hielt inne. Er dachte daran, dass er ja gar kein Zuhause mehr hatte. »Wenn wir krank sind, wir beten.«

Erneut fühlte sich Libby gedemütigt. Als sie noch bei Tante Vi gelebt hatte, hatte sie andere Menschen beten sehen. Ihre Gebete waren steif und förmlich – feierliche Worte, die klangen, als ob die Menschen Gott damit beeindrucken wollten. Wie konnten solche Gebete Elsa helfen?

Die wenigen Male, als Libby selbst betete, wusste sie nicht, ob Gott wirklich eingegriffen hatte oder ob es nur Zufall war. Dann besann sie sich und erinnerte sich daran, wie real Jordan Gott zu erleben schien. Libby entschloss sich, ehrlich zu sein. »Ich weiß nicht, wie man betet«, bekannte sie.

»Du weißt nicht, wie?«, fragte Jordan zurück.

Verlegen schüttelte Libby den Kopf. »Ich höre, wie Papa betet. Und ich höre, wie ihr betet, Caleb und du. Aber ich weiß nicht, ob Gott auf mich hört.«

»Beten ist nich' schwer«, klärte Jordan sie auf. »Sprich einfach mit Jesus, wie du mit irgendjemand sprichst. Aber Jesus, er hilft dir viel, viel mehr.«

***

Als Caleb erfuhr, dass Elsa krank war, nahm er zwei Stufen auf einmal die Treppe zum Texasdeck hinauf. Sobald er Libby gefunden hatte, wollte er alle Symptome wissen.

»Sie ist wirklich krank, Caleb. Sie übergibt sich und hat Beinkrämpfe und stöhnt vor Schmerz.«

»Und du hast ihr all diese Stufen hinaufgeholfen?«, fragte Caleb.

Als Libby nickte, wurde Calebs Gesicht vor Schreck ganz weiß. Beim Anblick seines Gesichtsausdrucks verkrampfte sich Libby innerlich. *Er mag Elsa wirklich gern.*

Sie wurde wieder neidisch, doch nun war es mehr als nur ein Anflug von Neid. *Ich wünschte, Caleb würde mich so mögen, wie er Elsa mag.*

Schnell schob sie den Gedanken beiseite. *Das zählt jetzt nicht. Wichtig ist, dass Elsa wieder gesund wird.*

»Weißt du, was sie hat?«, fragte Caleb.

Libby schüttelte den Kopf. Calebs Gesichtsausdruck machte ihr Angst.

»Es ist Cholera!«, sagte er mit rauer Stimme.

»Cho-le-ra?«, flüsterte Libby. Alle Menschen, die sie kannte, gerieten in Panik, sobald sie dieses Wort hörten. »Bist du dir sicher?«

»Absolut sicher«, fauchte Caleb.

Zuerst fragte sich Libby, ob er wütend auf sie war. Dann erinnerte sie sich daran, dass Calebs Eltern an Cholera gestorben waren.

»Geh«, sagte Caleb nun. »Wasch dir gründlich die Hände und das Gesicht. Und betritt diese Kajüte nicht mehr!«

»Aber Elsa braucht meine Hilfe.«

»Ihre Mutter kümmert sich um sie.«

Caleb klopfte an der Tür und wartete, bis Elsas Mutter herauskam. »Elsa muss trinken und trinken und trinken.« Er machte eine Bewegung, als hebe er ein Glas Wasser zum Mund. »Sie braucht jetzt viel Wasser.«

»Ja«, sagte Frau Meyer. Sie hatte ihn verstanden.

»Ich bringe Ihnen Wasser«, sagte Caleb. »Sie« – er zeigte auf Frau Meyer – »waschen Sie sich oft die Hände.«

Als sie nickte, ging Caleb zur Kapitänskajüte. Auf halbem Weg traf er einen Schiffskellner und wies ihn an, einen Krug Wasser, Seife und ein Tuch heraufzubringen.

»Stellen Sie es hin«, sagte Caleb ihm, als er alles brachte. Er wandte sich wieder an Frau Meyer. »So«, leitete er sie an.

Dort auf dem Deck vor dem erstaunten Schiffskellner wusch Caleb sich das Gesicht, die Hände und Arme.

»Du auch, Libby«, befahl er. »Denk dran: Dein Leben hängt davon ab.«

Seine Worte waren ernst – so ernst, dass Libby am liebsten gesagt hätte: »Mir wird schon nichts geschehen!«

Dann bemerkte sie Calebs Augen. Trotz seiner festen Worte war er zu erschreckt, um eine solch stolze Bemerkung von ihr ertragen zu können.

Denen werde ich's zeigen!

»Denk nicht, du seist stärker als alle anderen«, warnte Caleb sie. »... dass du die Einzige bist, die nicht krank werden wird!«

Es war, als ob Caleb ihre Gedanken gelesen hätte, was Libby überhaupt nicht behagte. »Woher wusstest du das?«, wollte sie wissen.

»Weil ich das auch mal dachte.« Caleb wandte sich zur Kapitänskajüte.

Libby ging die Treppen zum Kesseldeck hinunter. Der Waschraum für Frauen befand sich gleich hinter dem Schaufelrad auf der Steuerbordseite – also rechts, wenn man zum Bug schaute. Libby wusch sich dort so, wie Caleb es ihr gezeigt hatte.

Als wollte er sie nicht verlassen, folgte Samson ihr dicht auf den Fersen. Vor dem Waschraum ließ sich der große Hund auf sein Hinterteil fallen. Als Libby wieder herauskam, schnüffelte er an etwas Haarigem. »Oh, pfui!«, rief Libby. »Hast du eine tote Maus gefunden?«

Samson beachtete sie nicht. Stattdessen drehte er den Kopf und warf das Ding in die Luft. Als es aufs Deck fiel, stupste der Hund es mit der Nase an.

Überzeugt davon, dass es sich doch nicht um eine Maus handelte, wurde Libby neugierig. »Hierher, Samson«, befahl sie. »Was hast du da?«

Samson hob den Kopf und schaute Libby an. Auf dem Deck lag ein großer Zwirbelbart. Plötzlich stockte

Libby der Atem, als sie begriff, was dies bedeutete. »O nein!«, stöhnte sie.

Sie kniete nieder und hob den Schnurrbart am steifen gebeugten Ende auf. Ohne ihn mehr zu berühren als nötig, starrte Libby ihn an. Zweifellos war es der Schnurrbart, den sie an dem Mann gesehen hatte, der Riggs glich!

Libby hielt den Schnurrbart mit gestrecktem Arm vor sich her und rannte auf die Treppe zu. *Ich muss es Caleb und Papa sagen!*

Samson folgte ihr. Auf dem Weg zur Kapitänskajüte stieß Libby beinahe mit Jordan zusammen. »Schau dir das an!«, rief sie aus. »Riggs hat seinen Schnurrbart verloren, und Samson hat ihn gefunden!«

Libby begann zu zittern. »Es ist genau, wie wir dachten. Riggs ist *wirklich* an Bord! Warum hat er dich noch nicht gefasst?«

»Er lässt sich Zeit, Libby.«

»Was willst du damit sagen?«

»Er weiß, wie stark ich is'.« Jordan ließ seine Muskeln spielen und grinste. Dann blickte er ernst drein. »Wenn Riggs alles weiß, was er will wissen, er holt einfach Fänger zu Hilfe. Dann er steckt diesen Jungen unter den Arm und trägt ihn davon.«

Libby starrte Jordan an. »Komm, wir müssen es Papa sagen!«

Als sie zur Kapitänskajüte gelangte, riss Libby die Tür auf. Caleb saß am Tisch und sprach mit Papa. Jordan und Samson traten mit Libby ein.

»Riggs ist hier!«, verkündete sie.

»An Bord?«, erwiderte ihr Vater. »Woher weißt du das?«

»Schau, was Samson gefunden hat!« Libby ließ den Schnurrbart auf den Tisch fallen.

Ihr Vater schien verwirrt. »Jetzt erklär mir mal, was los ist!«

»Caleb und ich haben uns gefragt, ob Riggs in Saint Louis an Bord kam«, erklärte Libby. »Als ich in der Nähe der Anlegeplanke stand, sah ich einen Mann, der wie Riggs gekleidet war. Er trug einen Spazierstock mit einem goldenen Griff.«

»Es gibt einige reiche Männer, die einen Stock mit goldenem Griff mit sich herumtragen«, entgegnete Papa, als wollte er nicht glauben, dass Riggs an Bord war. »Und manchmal wird ein solcher Stock als Auszeichnung vergeben.«

»Aber es war nicht nur das, Papa«, erklärte Libby. »Der Mann, den ich sah, war klein und schlank und bewegte sich genauso wie Riggs. Das Einzige, was ihn von Riggs unterschied, war dieser große Zwirbelbart. Zuerst dachte ich: ›Das kann er nicht sein. Innerhalb von so kurzer Zeit kann ihm unmöglich ein solcher Schnurrbart gewachsen sein.‹ Doch dann dachte ich, dass es eine Verkleidung sein könnte.«

»Weißt du, ob dieser Mann wirklich an Bord gekommen ist?«, fragte Papa.

»Zuerst waren wir uns nicht sicher«, berichtete Libby. »Dann fragte sich Jordan, ob er Riggs gesehen hatte, und ich habe den Mann im Speisesaal gesehen. Eigentlich wollte ich ihm folgen und herausbekommen, welches seine Kajüte ist. Aber ich habe ihn aus den Augen verloren.«

»Wo hat Samson den Schnurrbart gefunden?«, wollte Papa wissen.

»Auf dem Kesseldeck. Dort, wo sich die Passagiere ein wenig die Beine vertreten können.«

»Und du, Caleb?«, fragte der Kapitän. »Hast du diesen Mann gesehen?«

Caleb schüttelte den Kopf. »Als mir Libby von ihm erzählt hat, habe ich die Passagierliste überprüft. Wenn Riggs *wirklich* an Bord ist, hat er nicht seinen richtigen Namen benutzt. Aber Libby hat wahrscheinlich recht. Sie erinnert sich gut an Gesichter.«

»Was ist mit dir, Jordan?«, fragte der Kapitän. »Was hältst du von dem Ganzen?«

»Dieser Mann Riggs wie Katze bereit zu Angriff ist. Ich mich je länger, je mehr wie eine Maus fühl. Aber Riggs mich nicht darf erwischen, ich muss befreien meine Familie.«

Kapitän Norstad stand auf und ging langsam zum Fenster. Libby wusste, dass er dies immer so tat, wenn er über Dinge gründlich nachdenken wollte. Schon oft hatte sie ihn umhergehen sehen, wenn eine wichtige Entscheidung anstand. Caleb schien dieses Verhalten ebenfalls zu kennen, denn auch er wartete ganz still, ohne ein Wort zu sagen.

Am Fenster schaute Kapitän Norstad hinunter. Libbys Augen folgten seinem Blick. Weit unten floss das sprühende Wasser des Mississippi an der *Christina* vorbei. Libby wünschte, dass all ihre Probleme in gleicher Weise an ihnen vorüberziehen könnten.

Da drehte sich ihr Vater um und ergriff das Wort. »Wir haben die Cholera an Bord.« Seine Stimme war belegt, als ob er seine Bedenken beiseiteschieben wollte. »Wir haben Riggs an Bord. Wir haben Jordan an Bord.«

»Ich geh schon von Bord«, meinte Jordan sofort. »Wenn Riggs mich findet nich', kann er nich' beschuldigen Sie, mich zu verstecken.«

Der Kapitän straffte die Schultern. »Vielleicht können wir alle drei Probleme mit einem einzigen Schachzug aus der Welt schaffen.«

Libby warf einen flüchtigen Blick auf das Schachbrett, das auf einem Tischchen an der Wand stand. *Aber das hier ist kein Spiel*, dachte sie, als sie wieder zu ihrem Vater blickte.

»Caleb, morgen früh vor Sonnenaufgang verlässt du mit Jordan die *Christina*. Nehmt die Indianerpfade um den Lake Pepin. Es ist ein langer, kalter Fußmarsch, aber es gibt einen Arzt namens William Sweney in Red Wing. Vor vier Jahren kam ein Dampfschiff mit siebzehn Cholera-Patienten an Bord in Red Wing an. Doktor Sweney brachte sie in einem Gebäude bei der Old-Spring-Creek-Mühle unter. Jeden Tag machte er Krankenbesuche.«

Libby dachte direkt an Elsa. »Und dann?«, wollte sie wissen.

»Von siebzehn Patienten überlebten zehn«, berichtete ihr Vater.

Plötzlich schöpfte Libby neue Hoffnung. »Wenn Elsa zu diesen zehn gehören könnte …«

»Wir hoffen es und beten dafür«, sagte Papa.

Libby blickte zu Caleb. Er sah erleichtert aus, so als

hoffte er nun auch, dass Elsa wieder gesund werden könnte.

»Wenn die Leute das Wort *Cholera* hören, geraten sie in Panik«, stellte Kapitän Norstad fest. »Doch als sich Doktor Sweney um jene Patienten kümmerte, hat sich niemand in ganz Red Wing angesteckt.«

Der Kapitän schaute zuerst Caleb, dann Jordan an. »Sucht Doktor Sweney auf. Wenn ihr ihn findet, führt ihn zu uns. Wenn das Eis auf dem Lake Pepin nicht bald bricht, könnte eine Epidemie ausbrechen.«

Eine Epidemie. Libby wusste, dass sich eine ansteckende Krankheit wie ein Lauffeuer von Person zu Person ausbreiten konnte.

»Wir werden unser Bestes geben«, versprach Caleb.

»In eurer Abwesenheit werde ich den Deckpassagieren sagen, sie sollen das Deck räumen und all ihre Habseligkeiten an Land bringen«, antwortete der Kapitän. »Wir werden die Flächen, wo sie gewohnt und geschlafen haben, gründlich schrubben. Vielleicht werden sie so nicht krank.«

Die Angst in Calebs Augen war nun verschwunden. An ihre Stelle war Respekt getreten. »Ich weiß von keinem anderen Kapitän, der das tun würde.«

»Ich schon«, erwiderte Libbys Vater. »Jener Kapitän hatte den Ausbruch einer Epidemie verhindert.«

»Was, wenn das Eis zurückgeht, während Sie putzen?«, fragte Caleb. »Dann werden Sie das Rennen nach Saint Paul verpassen.«

»Dieses Risiko müssen wir eingehen.« Kapitän Norstad klang, als habe er sich alles gut überlegt. »Sonst müssen wir damit rechnen, dass viele Deckpassagiere mit dem Leben bezahlen.«

Der Kapitän wandte sich an Jordan. »Lass dir von Caleb warme Kleidung geben. Unter den hohen Kiefern, wo die Sonne nicht hinkommt, wird immer noch Schneematsch und Eis liegen. Wenn alles gut geht, werdet ihr um 16 oder 17 Uhr in Red Wing sein.«

Wenn alles gut geht, dachte Libby, als Caleb zur Tür ging.

»Noch einen Augenblick«, bremste Kapitän Norstad ihn.

Caleb drehte sich um. »Sir?«

»Nimm Libby mit.«

»Libby?« Calebs Reaktion klang wie ein Stöhnen. »Ich muss *sie* mitnehmen?«

»Das habe ich verlangt.«

Als Caleb Libby einen Blick zuwarf, richtete sie sich gerade auf. Sie wollte unbedingt mitgehen, um Hilfe für Elsa zu holen. Doch Caleb wollte sie offensichtlich nicht dabeihaben.

»Libby, nimm ein kleines Bündel mit Ersatzkleidern mit – für den Fall, dass du nass wirst«, sagte Papa. »Aber trag nicht mehr, als du brauchst.«

Das warme Gefühl, dass Papa an sie glaubte, stieg in Libby hoch. Er wusste, dass sie etwas Schwieriges in Angriff nehmen und erfolgreich zu Ende führen konnte. »Ich werde mein Bestes geben, Papa«, versprach Libby.

»Das weiß ich.« Er gab den langen Blick zurück, den Libby ihm zuwarf.

»Ich muss in deine Kajüte umziehen.« Als Libby erklärte, dass sie Elsa in ihre Kajüte geholfen hatte, bemerkte sie, wie Papa schnell zu Caleb schaute. Fragte sich Papa, ob sie sich bereits mit Cholera angesteckt hatte?

Als Libby hinausging, ließ sie die Tür einen Spaltbreit offen. Sie trat zur Seite und lehnte sich gegen die Wand, um zu lauschen.

»Sir?« Calebs Stimme war höflich.

Die Beziehung zwischen Caleb und ihrem Vater überraschte Libby immer wieder. Caleb konnte mit ihrem Vater so offen reden wie niemand anders. Oft besprach Kapitän Norstad mit ihm seine Entscheidungen, damit Caleb seine Beweggründe verstand. Und einmal hatte Papa gesagt: »Ich würde Caleb sogar mein Leben anvertrauen.«

»Ich will, dass du Libby mitnimmst«, äußerte nun der Kapitän, als wüsste er, was Caleb sagen wollte.

»Sie wird uns bremsen. Sie wird nichts als Schwierigkeiten verursachen.«

Libby spitzte die Ohren, doch ihr Vater antwortete nichts.

»Es ist ein matschiger Weg, und es gibt Bären und Schlangen in dieser Gegend.« Caleb hielt inne und schien noch mehr Gründe zu suchen, warum Libby nicht mitkommen sollte.

»Und Eis und spitzen Kalkstein und andere Gefahren«, antwortete der Kapitän.

»Sir?« Calebs Stimme war nun leiser, als denke er gründlich darüber nach. »Sie wollen sie von Bord der *Christina* haben, nicht wahr? Sie befürchten, dass Libby Cholera bekommt, wenn sie bleibt? Wissen Sie, wie engen Umgang Libby mit Elsa gepflegt hat?«

Erneut spitzte Libby die Ohren. Als ihr Vater nicht antwortete, wusste Libby Bescheid. *Er denkt gar nicht, dass ich mutig bin. Falls eine Epidemie ausbricht, will er mich weit weg haben.*

Plötzlich verschwanden ihre warmen Gefühle und mit ihnen ihre Hoffnung, dass ihr Vater an sie glaubte.

Und dann tönt er noch groß, er wisse, dass ich mein Bestes geben werde! Wut erfüllte Libby, und sie spürte einen bitteren Geschmack auf der Zunge. *Eine schöne »Gib-nie-auf-Familie« sind wir!*

Als Papa Caleb noch immer nicht antwortete, wusste Libby, dass die Sache trotz Calebs Protesten beschlossen war.

Dann hörte Libby Calebs Schritte in ihre Richtung kommen. Wie der Blitz sprang sie von der Tür weg und rannte zu ihrer Kajüte.

Denen werde ich's zeigen!, versprach Libby sich selbst. *Ich werde es beiden zeigen – Papa und Caleb –, dass ich mehr kann, als sie denken!*

Rot steht für Mut

Caleb denkt, dass ich nicht zu der Art von Mädchen gehöre, die in der Wildnis leben kann! Während Libby die Kleider heraussuchte, die sie benötigen würde, gingen ihr Calebs Worte von damals nicht aus dem Kopf.

Kurz nachdem sie ihn zum ersten Mal getroffen hatte, hatte Caleb ihr ins Gesicht gesagt, was er von schicken Kleidern hielt. Seiner Meinung nach sollten die Frauen, die in dieses neu erschlossene Gebiet zogen, stolz darauf sein, einen Jeansrock oder eine karierte Schürze zu tragen.

Nun, ich werde dich überraschen, Caleb Whitney! Im Geheimen hatte sie sich einen Rock aus Jeansstoff genäht. Nun war er zum Anziehen bereit.

Dann dachte Libby an ihre Frisur. Caleb hatten ihre langen Locken nicht gefallen, die sie sich stets sehr aufwendig mit einem Lockenstab machte. Ihre Haare waren nun gekämmt und zusammengebunden und wellten sich nur an den Enden ein wenig. Doch Libby war sich sicher, dass sich schon bald Zweige in ihrem Haar verfangen würden.

Als Libby für den nächsten Tag alles vorbereitet hatte, breitete sie die Steppdecken, die sie Elsa nicht gegeben hatte, auf dem Boden von Papas Kajüte aus. Immer noch aufgebracht über Papa und Caleb schlief sie ein.

Stunden später hatte Libby einen Albtraum. Im Traum wusste sie, dass sie Papa retten musste. Sie schrie immer wieder um Hilfe, aber sie brachte keinen Laut heraus.

Als sie versuchte, laut herauszuschreien, rüttelte ihr Papa sie wach. »Libby! Aufwachen!« Zuerst verstand sie gar nicht, was los war. Dann begann sie zu schluchzen.

»Was ist los, Libby?«, fragte Papa, als sie aufwachte. »Hast du Angst davor, nach Red Wing zu laufen?«

Libby schüttelte den Kopf. »Ich habe geträumt, dass dir etwas geschehen ist.«

»Etwas Schlimmes?«

Zwischen Schluchzern nickte sie.

»Oh, Libby!«, rief Papa aus.

Sie hörte, wie er sich bewegte, und sah einen sanften Schein, als er die Petroleumlampe neben seinem Schaukelstuhl anzündete. Papa führte Libby zum Stuhl hinüber, setzte sich und zog sie auf seinen Schoß.

Seit sie ein kleines Mädchen war, hatte ihr Vater sie nicht mehr geschaukelt, und Libby kam sich etwas dumm vor. Sie war eigentlich zu groß, um auf seinen Schoß zu passen, aber Papas Arme umfingen sie.

Eine Zeit lang wiegte er sie in den Armen, ohne viel zu sagen. Dann fragte er: »Libby, machst du dir Sorgen, was mir zustoßen könnte?«

Sie nickte, ihr Gesicht an seine Brust gelehnt. Dann kam ihr sein Gespräch mit Caleb in den Sinn.

»Machst du dir Sorgen, was *mir* zustoßen könnte?«, fragte sie.

»Ich versuche, mir keine Sorgen zu machen«, antwortete Papa. »Aber ich will vorsichtig sein und weise handeln, wenn ich mich um dich kümmere.«

»Schickst du mich deshalb mit Caleb mit?«

»Es ist eine schwierige Entscheidung. Es scheint mir das kleinere von zwei Übeln zu sein.«

»Dann denkst du also nicht, dass ich stark und mutig bin.« Libby begann wieder zu weinen. »Das Schlimmste ist: Ich bin es tatsächlich nicht!«, jammerte sie. Ihr Albtraum erschien ihr immer noch sehr real. »Ich habe solche Angst um dich!«

Als ihre Schluchzer leiser wurden, sprach Papa mit sanfter Stimme. »Libby, ich bin dein Vater. Es ist meine Aufgabe, mich um dich zu kümmern, aber es ist nicht deine Aufgabe, auf mich aufzupassen. Wie sehr du es auch versuchst – du wirst es nie können.«

»Was soll ich also tun?«

»Vielleicht solltest du lieber Gott auf mich aufpassen lassen.«

Gott. Schon wieder, dachte Libby. »Bist du dir sicher, dass Gott das fertigbringt?«, bezweifelte sie.

Papa lächelte. »Ganz sicher«, sagte er. »Sogar wenn unsere schlimmsten Befürchtungen einträfen, wäre Gott mit mir. Er ist es, der sich um uns beide kümmert. Wo auch immer wir sind, ist Er da.«

Papa streckte den Arm aus und zog die Lampe näher zu ihnen heran. »Siehst du das, Libby?«, fragte er.

Sie nickte. Schon mehrmals war ihr die Lampe aufgefallen. Im gläsernen Sockel der Petroleumlampe schwamm ein rotes Stück Flanell.

»Diese Lampe erinnert mich immer an deine Mama«, erklärte Papa. »Christina war wie viele Pionierfrauen. Sie hat den Flanell in die Lampe getan, damit die rote Farbe sie an Mut erinnert.«

»Das hast du mir schon einmal gesagt – dass Mama mutig war.« Doch Libby schien es, als wären ihre Versuche, mutig zu sein, bisher alle gescheitert. »Wo hatte Mama ihren Mut her?«

Papa legte eine Hand auf seine große Bibel. »Deine Mutter hat Verse gefunden – Versprechen, die ihr halfen, dem Herrn zu vertrauen. Einen Vers mochte sie ganz besonders: ›Fürchte dich nicht, denn ich bin mit dir; schau nicht ängstlich umher, denn ich bin dein Gott.‹«

Überrascht setzte sich Libby auf. *Das sind die Worte, die ich unten im dunklen Raum gehört habe! Also daher habe ich sie gekannt!*

Libby stimmte mit ein: »›Ich stärke dich, ja, ich helfe dir.‹«

Eigenartig getröstet schaute sie Papa in die Augen. »Hat Mama mir diesen Vers beigebracht?«

Papa lächelte. »Das würde mich nicht wundern. Immer, wenn sie Mut brauchte, hat sie diese Worte wiederholt.«

***

Als es Zeit war, um Abschied zu nehmen, schaute Papa Libby direkt in die Augen. »Vergiss nicht, dass du eine Norstad bist, Libby. Und denk an den Vers deiner Mutter.«

Papas Umarmung fühlte sich warm und stark an und bestärkte Libby im Glauben, dass sie die vielen Kilometer bis nach Red Wing zu Fuß zurücklegen konnte. *Vielleicht wird Elsa ja doch wieder gesund. Wenn wir nur*

Doktor Sweney finden und ihn rechtzeitig hierherbringen könnten …

Es war immer noch dunkel, als Caleb Libby und Jordan die Anlegeplanke hinunterführte. Geräuschlos schlichen sie das steile Flussufer hinauf. In der Stadt war es noch ganz still. Sogar die Dampfschiffe in der Nähe lagen ruhig an der Anlegestelle.

Dann hörte Libby Schritte hinter ihnen. Sie spitzte die Ohren. Da war es wieder – das Geräusch von Stiefeln auf der Anlegeplanke.

Libby zog Caleb am Arm. »Pssst!«, warnte er kaum hörbar, doch Libby wusste, dass er die Schritte ebenfalls gehört hatte.

Er lief schneller, und Libby und Jordan hielten mit ihm Schritt. Als sie an einem der siebzehn Hotels der Stadt vorbeigingen, begann ein Hund zu bellen. Caleb lief noch schneller. Sie waren nicht weit vom Hotel entfernt, als der Hund wieder Ruhe gab.

Augenblicke später bellte er erneut, und Caleb eilte weiter. In der Stille des Morgengrauens hörte Libby wieder Schritte. Kurz darauf schlüpfte Caleb in den Schatten zwischen zwei großen Lagerhallen. Libby und Jordan kauerten sich zu ihm in die Dunkelheit.

Wenige Minuten später eilten drei dunkle Gestalten an ihnen vorbei. Calebs warnende Hand griff nach Libbys Arm, als sie tief Atem holte.

Sonst war niemand auf den Straßen von Reads Landing unterwegs. In Kürze verhallten die Schritte der drei Männer. Caleb glitt aus dem Schatten zwischen den Gebäuden hervor, die anderen folgten ihm. Eine kurze Strecke legten sie auf der Straße neben dem Fluss zurück. Ganz in ihrer Nähe ragten die großen Dampfschiffe aus dem Wasser. Ihre hohen Schornsteine schienen sich in der Dunkelheit zu verlieren.

Bei einer Straße, die steil nach oben führte, bog Caleb ab. Am Hang über dem Hafengebiet bog er erneut ab, diesmal auf eine unbefestigte Straße, die parallel zum Fluss verlief. Am nördlichen Ende der Stadt wurde die Straße zur Landstraße. Sie war viel befahren – man konnte die Spuren der Wagen, die Weizen und andere Waren nach Reads Landing transportierten, im Schlamm erkennen.

Caleb schlug ein hohes Tempo an, wobei er um die Löcher und Pfützen möglichst herumging. Dann verließ er plötzlich die Straße. Hinter einer kleinen Hütte kauerte er sich hin.

Zwischen Caleb und Jordan kniend horchte Libby. Kurze Zeit später vernahm sie das Geräusch von drei Männern, die auf dem Weg nach Reads Landing waren. Einer von ihnen war wütend.

»Wie konnte das geschehen?«, fragte er. »Wir waren direkt hinter ihnen.«

»Wir können diesen Sklavenjungen nicht entkommen lassen!«, knurrte ein anderer.

Sobald die Männer in sicherer Entfernung waren, kehrten Caleb, Jordan und Libby zur Straße zurück. Sie hatten eine lange Strecke zurückgelegt, bevor Libby zu sprechen wagte.

»Bist du diesen Weg schon einmal gegangen?«

»Nö«, gab Caleb zurück.

»Woher weißt du, wo der Weg entlangführt?«

»Dein Papa hat es mir erklärt. Andere Männer

haben es ihm beschrieben. Bald werden wir einem alten Indianerpfad folgen.«

»Einem, den sie viele Jahre lang benutzt haben?«

Caleb nickte. »Und vor ihnen gingen die Büffel darauf. Die Indianer sind ihren Spuren gefolgt, weil Büffel immer den einfachsten Weg finden. Das werden wir auch versuchen.«

»Wie weit ist es bis nach Red Wing?«, fragte Libby.

»Auf dem Fluss 45 Kilometer. Dein Papa ist sich nicht sicher, wie weit es auf dem Landweg ist.«

Fünfundvierzig Kilometer? Libby schluckte, versuchte dann jedoch, ihre Gefühle vor Caleb zu verbergen. *Papa denkt, dass ich 45 Kilometer zu Fuß gehen kann? Vielleicht glaubt er mehr an mich, als ich dachte.*

Zum ersten Mal zitterte Libby beim Gedanken an die bevorstehende Tour. Sie versuchte sich zurückzuerinnern, ob sie jemals etwas getan hatte, was sie auf dieses Abenteuer vorbereitet hätte. In Chicago war sie teilweise viel zu Fuß unterwegs gewesen, doch niemals auch nur annähernd 45 Kilometer weit gegangen.

»Wenn wir nach Wacouta kommen, finden wir vielleicht jemanden, der uns den Rest des Weges fährt«, hoffte Caleb. »Es soll dort Hotels und einen Handelsposten geben.«

»Und wie weit ist es bis Wacouta?«, fragte Libby.

»Acht oder neun Kilometer von Red Wing«, antwortete Caleb, als sei er solche Distanzen gewohnt. Und wahrscheinlich war er das auch – mehr, als es Libby lieb war.

»Was ist, wenn wir Red Wing nicht bis heute Abend erreichen?«, fragte sie.

Caleb zuckte mit den Schultern. »Dein Papa meinte, es könnte vielleicht eine Höhle im Fels geben.«

Auf den Rücken hatte Libby eine Stofftasche mit Ersatzkleidern gebunden. Eine kleine Tasche um ihre Hüften enthielt Sandwichs und Kekse, die Oma ihr eingepackt hatte. Genauso wie Libby hatten auch die Jungen ihre Taschen auf den Rücken oder um die Hüfte gebunden, um die Hände frei zu haben. Caleb hatte noch zusätzliche Ausrüstung dabei, darunter auch einen Eimer, der an einem Seil um seine Hüfte hing.

Da Libby hinter ihm ging, bemerkte Libby die Haltung seiner Schultern. Sie schloss aus seiner Haltung, dass er am liebsten sagen würde: »Dein Papa sagte, ich solle dich mitnehmen, aber es gefällt mir überhaupt nicht.«

Nun, deine Einstellung gefällt mir gar nicht, hätte ihm Libby am liebsten an den Kopf geworfen. *Elsa ist auch MEINE Freundin. Ich will ihr AUCH helfen!*

Dicht hinter ihnen ging Jordan, ohne ein Wort zu sagen. Mehr als einmal sah Libby, wie er einen Blick über die Schulter zurückwarf. Das machte ihr Angst.

Wenn uns die Sklavenfänger nicht finden, werden sie dann wieder umkehren?, fragte sich Libby. Der Schlamm auf der Straße würde es ihnen leicht machen, ihnen zu folgen. *Vielleicht folgen sie gerade jetzt unsere Spuren. Vielleicht sind sie nur gerade so weit hinter uns, dass wir sie nicht sehen können.*

Einige Kilometer oberhalb von Reads Landing führte Caleb sie an eine offene Stelle, von der man Lake Pepin überblicken konnte. Als sich der Himmel golden und rosarot färbte, erstrahlte die große Eisfläche des verbreiterten Flusses im Sonnenlicht. Libby hatte gehört, dass Lake Pepin an gewissen Stellen knapp fünf Kilometer breit war, doch sie hatte nie einen so schönen Anblick erwartet. Trotz ihrer Sorgen wollte sie alles in sich aufnehmen und sich merken. *Eines Tages werde ich dies malen!*, versprach sie sich selbst.

Als sie weitereilten, erhoben sich zu ihrer Linken hohe Felskliffe. Zu ihrer Rechten fiel der Boden steil zum See ab. Allmählich wurde die Straße schmaler, bis sie schließlich zu einem schmalen Pfad wurde.

Als sich Caleb endlich auf einen großen auf dem Boden liegenden Baumstamm setzte, fühlte sich Libby leer vor Hunger. Sogar während er sein Frühstück verzehrte, schaute Caleb zurück auf den Weg, auf dem sie gekommen waren. Dankbar für die Gelegenheit auszuruhen, ließ sich Libby neben ihn fallen. Doch Jordan ergriff die unteren Äste einer hohen Kiefer und zog sich hoch. Von dort aus suchte auch er den Weg ab.

Als sie die Jungen beobachtete, wurde Libby unbehaglich zumute. Fürchteten sie sich immer noch vor Riggs, auch nach kilometerlangem Wandern? *Für Jordan muss es schwer sein*, dachte Libby. *Er hilft Elsa, wo er doch eigentlich seiner Familie in die Freiheit helfen will.*

Schließlich kletterte Jordan herunter und begann zu essen. Als alle genug gegessen hatten, wischte Caleb seine Brotkrumen weg und Libby ihre auch.

Mit einem kleinen Kiefernast verwischte Jordan alle ihre Fußspuren am Boden. Als sie wieder zum Pfad zurückkehrten, nahm er den Ast mit. Es gab mehrere Stellen, wo Schmutz den schmalen Pfad bedeckte. Wo nötig, beseitigte Jordan ihre Spuren.

Die Sonne stieg höher, und der Weg wurde ebener, wofür Libby dankbar war. Sie gingen nun in nächster Nähe des Sees. Im Sonnenlicht glitzerte das Eis wie ein riesiges Schmuckstück.

Bei einer Landzunge, die in den Lake Pepin hinausragte, fiel das Gelände erneut steil ab. Bald führte der Pfad etwas weiter weg vom See. Plötzlich zeigte Caleb auf einen riesigen Pfotenabdruck.

»Das ist aber ein großer!«

»Ein großer was?«, fragte Libby. Sie war sich nicht sicher, ob sie es wirklich wissen wollte.

»Ein Bär, wahrscheinlich ein Männchen. Sie sind jetzt hungrig. Wenn sie aus dem Winterschlaf aufwachen, fressen sie alles, was ihnen über den Weg läuft.«

»Meinst du Nahrung?« Libby versuchte, sich den ängstlichen Unterton in ihrer Stimme nicht anmerken zu lassen.

»Natürlich fressen sie Nahrung.« Calebs Augen funkelten schelmisch auf. Dann wurde er wieder ernst. »Und kleine Mädchen.«

»Oh, Caleb!« Libby glaubte ihm nicht.

»Und große Mädchen mögen sie besonders – egal, ob sie schmecken oder nicht.«

»Das erfindest du bloß!«

Doch Caleb schaute so ernst drein wie noch nie. »Falls du einen Bären siehst …«

»Ich glaub dir kein Wort!«

»Bleib einfach so weit von ihm entfernt wie möglich. Und gerate nie zwischen ein Weibchen und ihre Jungen!«

Nun, das klingt vernünftig, dachte Libby. *Stimmt also das andere, was er gesagt hat, auch?* Wenn Caleb sie aufzog, wusste sie manchmal nicht, was sie ihm glauben konnte.

Libby schüttelte den Kopf, und ihr langes rotes Haar fiel ihr um die Schultern. *Ich weigere mich, darüber nachzudenken. Wir werden Red Wing vor Einbruch der Dunkelheit erreichen – etwa um 16 oder 17 Uhr, hatte Papa gesagt. Das reicht, damit ich vor Bären sicher bin!*

Sowieso waren es Riggs und seine zwei Sklavenfänger, die Libby am meisten Sorgen bereiteten. *Die sind doch viel gefährlicher als jegliches vierfüßige Tier!*

Sklavenfänger!

Caleb wollte eine Rast einlegen, aber Jordan war dagegen. »Was ist los?«, fragte Caleb leise.

Jordan warf einen Blick über die Schulter zurück. »Jemand beobachtet meinen Rücken.«

»Was meinst du damit?«, wollte Libby wissen.

»Es ist jemand hinter uns«, antwortete Jordan. »Dicht hinter uns.«

»Du hast doch niemanden gesehen, oder?«, erwiderte Libby. »Woher willst du das wissen?«

»Ich weiß's einfach«, sagte ihr Jordan. »Der Herr, er macht mich vorsichtig. Er sagen: ›Jordan, pass auf deinen Rücken auf, sonst bist du in große Schwierigkeit.‹«

»Hat dir der Herr gezeigt, was zu tun ist?«, fragte Caleb ihn.

»Verlasse den Pfad«, sagte Jordan mit vollster Überzeugung.

Die Jungen so reden zu hören, überraschte Libby. Jordan hatte die Führung übernommen, und Caleb schien ihm zu vertrauen. Er trat beiseite und ließ Jordan an die Spitze. Libby ging immer noch in der Mitte, doch nun war Caleb das Schlusslicht.

Jordan verließ den Pfad, entfernte sich jedoch nicht allzu weit davon. Als sie in tieferes Gelände kamen, trafen sie auf Schneeablagerungen in den Mulden unter hohen Kiefern. An den vor der Sonne geschützten Stellen lag der Schnee zum Teil bis zu dreißig Zentimeter hoch. Wenn er schmelzen würde, würde das Wasser in Bächen den Hang hinunterfließen.

»Es ist kaum zu glauben, dass wir die letzte Aprilwoche haben!«, rief Libby aus.

»Vergiss nicht, dass das Minnesota-Territorium einen der schlimmsten Winter gehabt hat«, erinnerte Caleb sie.

Auf ihm völlig unbekanntem Land wanderte Jordan voraus. Libby beobachtete ihn. Wie oft hatte er wohl schon den Weg selber finden müssen? Immer ging Jordan mit einer Selbstsicherheit, die Libby fremd war.

Obwohl er ein wärmeres Klima gewohnt war, wanderte er, ohne zu ermüden. Nach einiger Zeit zog er die Schuhe aus, die Caleb ihm gegeben hatte. Er knotete die Schnürsenkel zusammen und warf sich die Schuhe über die Schulter, als fände er es bequemer, barfuß zu laufen.

Einmal hörte Libby, wie Jordan leise vor sich hin sang.

I got shoes, You got shoes,
All God's children got shoes.
When we get to Heaven
We goin' to put on our shoes
An' shout all over God's Heaven. Heaven! Heaven!

(Ich hab Schuhe, du hast Schuhe,
Alle Kinder Gottes haben Schuhe.
Wenn wir in den Himmel kommen,
Ziehen wir unsere Schuhe an
Und rufen im ganzen Himmel Gottes.
Himmel! Himmel!)

Als Caleb und Jordan endlich eine Marschpause einlegten, um zu Mittag zu essen, war Libby so hungrig, dass sie kaum imstande war, einen Schritt weiterzugehen. Sie öffnete ihre Stofftasche mit dem Essen auf einem Baumstumpf, der ihr als Tisch diente. Für jedes Sandwich hatte Oma Hühnchen- oder Rindfleisch zwischen zwei große Scheiben Brot gelegt.

Libby hatte bereits ein Sandwich verdrückt und ein zweites angefangen, als sie hochschaute. *Wo stecken die Jungs?* Bisher hatten sie sie nie alleingelassen. Libby mochte diesen Gedanken überhaupt nicht.

Genau in diesem Augenblick hörte sie einen Ast knacken. Das Herz schlug ihr bis zum Hals. *Caleb? Jordan? Kommen sie zurück? Sie wären doch nie so laut!*

Libby wirbelte herum und schaute in die Richtung, aus der die Geräusche kamen. Als sie ein zweites knackendes Geräusch hörte, drehte sich ihr der Magen um. *Riggs und seine Sklavenfänger! Und ich bin ganz allein hier!*

Libby verschwendete keinen Gedanken mehr an ihr Mittagessen und entfernte sich stolpernd vom Baumstumpf. Schnell verschwand sie hinter dem Stamm eines dicken Baumes.

Auf der anderen Seite der Lichtung begannen die Büsche langsam Blätter zu treiben. Etwas Schwarzes schien sich dahinter zu bewegen. Libby spähte hinter dem Baumstamm hervor. Die schwarze Gestalt kam trottend näher und näher. Mit jedem Schritt schien sie größer zu werden.

Plötzlich spürte Libby, wie ihre Knie weich wurden. Ohne Vorwarnung glitt sie zu Boden. Als sie sich wieder stark genug fühlte, um hinzuschauen, hatte die schwarze Kreatur die offene Stelle erreicht. Ein riesengroßer Bär!

Libby hatte noch nie einen Bären gesehen, doch er war so groß, dass es ein Männchen sein musste. Er ging auf allen vieren und wankte dabei von Seite zu Seite. Im Sonnenlicht glänzte sein schwarzes Fell. Als er auf der Lichtung herumschnüffelte, dämmerte es Libby, was er wollte.

»Das kriegst du nicht!«, murmelte sie.

Libby sprang auf und ging direkt auf den Baumstumpf zu. Mit einer Hand ergriff sie ihr Sandwich und mit der anderen die Tasche mit dem restlichen Essen. Dann hörte sie ein Schnüffeln, ganz aus der Nähe.

Libby drehte sich um und schaute dem Bären ins Gesicht. Im nächsten Augenblick stand er auf den Hinterbeinen.

»Caleb!«, versuchte Libby zu schreien, doch Panik schnürte ihr die Kehle zu.

»Jordan!«, versuchte sie es erneut. Doch kein Laut entwich ihren Lippen.

Mit seinen großen braunen Augen musterte der Bär Libby von Kopf bis Fuß. Als hätte er das Sandwich in ihrer Hand gesehen, ließ er sich auf alle viere fallen und kam direkt auf Libby zu. Er hatte sein Maul geöffnet und zeigte seine großen Zähne.

»Libby!«

Wie aus weiter Ferne drang Calebs Stimme in ihr Bewusstsein.

»Lass dein Sandwich fallen!«

Mit einer raschen Bewegung warf Libby das Sandwich weg. Doch statt es zu nehmen, wandte sich der Bär der Stofftasche und den Sandwichs in ihrer anderen Hand zu.

»Lass dein Essen los!«, schrie Caleb.

Libby warf die Tasche dem Sandwich nach. In diesem Augenblick ließ der Bär von ihr ab. Mit einem einzigen Biss verschlang er das Sandwich, das sie weggeworfen hatte.

Libby konnte den Bären nur anstarren und nicht wegrennen. Mit seiner großen Pfote stieß der Bär an die Stofftasche und erschnüffelte die übrigen Sandwichs.

Dann ergriff eine Hand Libbys Arm. Als der Bär ein zweites Sandwich verschlang, zog die Hand Libby zurück.

Vor Schreck stolperte sie, konnte sich aber noch fangen. Als sie aufsah, bemerkte sie Calebs erschrockenes Gesicht.

»Schnell!«, befahl er.

Er zog sie mit und lief so schnell, wie sie folgen konnte. Als sie den Pfad erreichten, preschte Caleb weiter. Schneller und schneller lief er, und Libby stolperte ihm nach. Nur seine starke Hand bewahrte sie davor, in den Schneematsch zu fallen.

Nach einiger Zeit zog Caleb sie vom Pfad weg zwischen die Bäume. Als er schließlich stehen blieb, hatte Libby Seitenstechen vom Hetzen. Erst jetzt bemerkte sie, dass Jordan direkt hinter ihnen war.

Caleb ließ ihre Hand los. Sein Gesicht war zornerfüllt. »In meinem ganzen Leben …«

»Es tut mir leid«, fiel Libby ihm ins Wort.

»Es tut dir *leid*, dass du dich in Lebensgefahr gebracht hast?«

»Das wusste ich nicht.«

»Wie kann man nur so dumm sein! Wegen eines kleinen Sandwichs nimmst du es mit einem Bären auf?«

Plötzlich begann Libby zu weinen. »Das war mein ganzes Essen.«

Die Wut war aus Calebs Gesicht verschwunden, als er sagte: »Jordan und ich werden schon nicht zulassen, dass du verhungerst.«

Libby kicherte. »Ich wahr wohl nicht sehr klug, was?« Als wäre es das Lustigste, was sie je getan hatte, lachte sie laut heraus.

Augenblicke später liefen ihr Tränen die Wangen hinunter. Ihr ganzer Körper wurde von Schluchzern erschüttert.

»Libby!«, befahl Caleb. »Hör auf!«

Doch Libby konnte nicht aufhören zu weinen.

»Libby Norstad!« Calebs Stimme war panikerfüllt. Er bückte sich, nahm eine Handvoll Schnee und klatschte ihn Libby ins Gesicht.

Sofort verließen Libby Tränen und Lachen. Nur Ärger blieb übrig.

»Du … du!«, sprühte sie. »Wer denkst du eigentlich, dass du bist?«

Caleb sah erleichtert aus. »Dein Papa hat verlangt, ich solle auf dich aufpassen.«

»Nun, du machst das auf besonders komische Art und Weise!«

»Jepp.« Caleb schien nun mit sich selbst zufrieden zu sein. »Wenn du hysterisch wirst, muss ich handeln.«

Libby starrte ihn an und explodierte dann. »Wie *kannst* du nur so grässlich sein?« Caleb grinste Jordan an. »Ich vermute, sie ist wieder ganz die Alte.«

Aber Libby war Caleb nicht dankbar. *Warum muss dieser schreckliche Junge immer recht haben?*, fragte sie sich. *Ich wünschte, er würde sich wenigstens einmal blamieren!*

Mittlerweile war sie sogar wütend auf Caleb, weil er sie gerettet hatte. Nun, da der Bär weit weg und ihre Angst verschwunden war, beherrschte nur eine Frage ihre Gedanken. *Wie kann ich je gewinnen?*

Sie hatte beinahe Lust zu beten: *Nur einmal, Gott, lass mich bei einer Sache besser sein als Caleb.*

Dann schob sie den Gedanken beiseite. Von dem her zu urteilen, was sie über Gott wusste, vermutete Libby, dass er dieses Gebet nicht erhören würde, weil Libby dieses Gebet aus einer falschen Motivation heraus gesprochen hätte.

Wie um sicherzugehen, dass mit ihr alles in Ordnung war, warf Caleb ihr einen letzten prüfenden Blick zu, bevor er weiterging. Als er zu einigen großen Felsen in der Nähe des Lake Pepin kam, blieb er stehen.

»Nimm dich vor Schlangen in Acht!«, sagte er Libby.

»Schlangen?«, rief sie aus. Die wären noch schlimmer als ein Bär! Was für Schrecken verbargen sich sonst noch in dieser Wildnis?

Libby wandte sich an Jordan. »Macht Caleb Witze?«

Jordan schaute ihr in die Augen. »Schlangen liegen gern auf warmen Felsen«, sagte er einfach.

Libby schauderte, dann tat es ihr leid, dass sie ihre Angst gezeigt hatte.

Caleb öffnete die Stofftasche, die er um die Hüfte trug, und breitete sein Mittagessen aus. »Bedien dich«, bot er Libby an.

Doch Libbys Stolz war verletzt. Um nichts in der Welt würde sie Calebs Essen nehmen. »Ich bin nicht hungrig«, behauptete sie.

»Doch«, widersprach er. »Du bist einfach stolz.«

Seine Worte regten Libby noch mehr auf. Wie konnte er nur wissen, was sie empfand? *Um keinen Preis gebe ich jetzt auf!*

Da knurrte ihr Magen.

»Hast du dieses Rumoren gehört?«, fragte Caleb Jordan, ohne Libby anzusehen. »Wie kann so ein mageres Mädchen nur so viel Essen brauchen?«

Jordan grinste. »Wetten, dass Oma diese superleckeren Kuchen nur für Libby macht.«

»Ich habe viel gefrühstückt«, sagte Libby, überrascht, dass Jordan sich traute, sie zu necken. Tapfer zog sie sich etwas zurück. »Trotzdem danke.«

Sie sah zu den Felsen hinüber und dachte daran, was Jordan über Schlangen gesagt hatte. Sie entfernte sich einige Schritte von den Felsen und setzte sich auf einen Baumstamm. Als Caleb genüsslich in sein Sandwich biss, schaute Libby weg und versuchte, nicht an Essen zu denken.

Ein schmaler Streifen schwarzen Wassers trennte das Ufer von der großen Eismasse im Lake Pepin. Obwohl der Tag immer wärmer wurde, wirkte das Eis immer noch massiv.

Bald hatten Caleb und Jordan ihre Sandwichs aufgegessen.

»Ich schaue mal, wo wir langmüssen, bin gleich zurück«, verkündete Caleb.

Sobald er weg war, bot Jordan Libby ein Sandwich an. »Ich hab's für dich aufg'hoben«, meinte er. »Nun iss schon!«

Libby schaute sich um und sah, dass die Bäume sie vor Caleb versteckten. Dankbar, dass Jordan gewartet hatte, bis Caleb weg war, nahm Libby das Sandwich.

»Danke, Jordan«, sagte sie.

Sie ließ die Bäume, hinter denen Caleb verschwunden war, nicht aus den Augen, während sie das Sandwich verschlang. Schnell wischte sie ihr Kleid ab, damit keine Brotkrümel darauf zu sehen waren. Kaum hatte sie auch ihren Mund abgewischt, kehrte Caleb zurück.

»Lasst uns dem Pfad fernbleiben und höher hinaufsteigen«, schlug Caleb vor.

Lake Pepin war zu ihrer Rechten, doch sie hielten auf die Bäume zu. Jordan führte sie erneut an, Libby folgte, und Caleb ging hinter ihr. Obwohl sie den Weg mieden, blieben sie ihm nahe genug, um hin und wieder einen Blick darauf zu werfen. Caleb und Jordan schienen miteinander übereinzustimmen, als wüssten sie genau, was zu tun war.

Bald stiegen sie einen steilen Hang hinauf, der sich weit über das Kiesufer des Lake Pepin erhob. Plötzlich hörte Libby eine leise Stimme hinter sich.

»Nimm es«, sagte Caleb und drückte ihr ein Sandwich in die Hand.

Libby blickte zu Boden. Mit jeder Faser ihres Seins wollte sie das Sandwich packen. Trotz des Sandwichs, das Jordan ihr gegeben hatte, war sie immer noch hungrig. Doch Libby schüttelte den Kopf.

»Wir haben immer noch einen weiten Weg vor uns«, erklärte Caleb. »Wenn du hungrig bist, wirst du schwach.«

Erneut zögerte Libby, der Stolz stand ihr im Weg.

»Elsa braucht deine Hilfe«, drängte Caleb.

Libbys Stolz verflog. Caleb hatte ihr das eine Argument geliefert, gegen das sie nichts mehr einwenden konnte. »Danke«, sagte sie sanft.

»Nicht der Rede wert.«

Libby grinste. »Ich werde keine halten.«

Ohne ihren Schritt zu verlangsamen, schlang sie das Sandwich hinunter. Omas Hühnchen und Brot hatten noch nie so gut geschmeckt.

Mindestens fünfzehn Minuten lang gingen sie, wobei der Boden unter ihren Füßen immer steiler wurde. Mehrmals hielt sich Libby an kleinen Bäumen oder Ästen fest, um sich hochzuziehen. Schließlich blieb Jordan stehen.

Hinter dichtem Gebüsch wartete Jordan. Als Caleb aufschloss, zeigte Jordan auf eine Stelle direkt unter ihnen. »Da ist der Pfad«, sagte er. Beide Jungen duckten sich.

Libby hockte neben ihnen auf den Knien und starrte den steilen Abhang hinunter. Sträucher verdeckten den Pfad, und Libby fragte sich, woher Jordan überhaupt wusste, dass es sich um den Pfad handelte. Als sich die Minuten hinzogen, wurde Libby ungeduldig.

Sie wollte gerade etwas sagen, da legte Caleb ihr warnend eine Hand auf den Arm. »Pssst!«

Kurz darauf hörte Libby Männerstimmen. Sie versuchte, ihre Nervosität beiseitezuschieben und zu horchen.

Dann blieb ein junger Mann direkt unter ihnen stehen. Durch eine kleine Öffnung zwischen den Büschen sah Libby sein Gesicht und sein blondes Haar.

Den kenne ich! Libby hielt den Atem an. *Er ist einer der Typen, die Jordan gejagt haben! Dann ist er also nun ein Sklavenfänger!*

Caleb packte Libbys Arm, um ihr klarzumachen, dass sie keinen Laut von sich geben dürfe. Doch da bekam sie einen lauten Schluckauf. Als Caleb sie verärgert anblickte, hielt sich Libby schnell eine Hand vor den Mund. *O nein! Was soll ich bloß tun?*

Irgendwo hinter dem blonden Sklavenfänger rief eine Stimme. »Hey! Warum bleibst du stehen?« In diesem Augenblick spürte Libby einen weiteren Schluckauf kommen. Panikerfüllt versuchte sie ihn zurückzuhalten. Sie atmete tief ein und schluckte schwer.

Plötzlich packte Caleb sie am Hinterkopf und stieß ihr Gesicht nach unten auf den Boden. Als der Schluckauf kam, war er gigantisch.

Auf ihrem Kopf versteiften sich Calebs Finger. Verzweifelt hielt Libby den Atem an.

Direkt unter ihnen sprach noch ein weiterer Mann. Seine Stimme kam Libby bekannt vor. In einem Anflug von Angst fragte sie sich, ob es Riggs war. Sie fürchtete sich vor dem nächsten Schluckauf. Als sie atmete und er kam, schien er den Abhang hinunterzurollen.

Doch schließlich gingen die Sklavenfänger unter ihnen vorüber. Eine lange Zeit warteten Libby, Caleb und Jordan still und wachsam. Dann schlug Caleb mit der Faust auf den Boden. »Libby, ich kann einfach nicht glauben, wie du das fertigbringst!«

Im nächsten Augenblick schaute er sie an und lachte. »Wie kannst du nur zu einem solchen Zeitpunkt einen Schluckauf bekommen?«

Mit großen Augen starrte Libby ihn an. Um nichts in der Welt hätte sie zugegeben, dass sie drei große Sandwichs von Oma gegessen hatte.

Warnsignal

»Woher wusstest du, dass sie uns immer noch folgten?«, fragte Libby Jordan, als sie weitergingen.

»Ich fühl den Bammel genau hier.« Er zeigte auf sein Herz.

»Den Bammel?«, fragte Libby. »Du hattest ein unbehagliches Gefühl?«

Jordan nickte. »Als ich noch ein klein Junge war, meine Mamma sagt zu mir: ›Jordan, wenn du etwas Gutes tust und der Herr will deine Aufmerksamkeit, merkst du den Bammel. Du betest: *Was ist los, Herr? Bist du es?* Wenn der Herr *Ja!* sagt, pass gut auf!‹«

Libby starrte Jordan an. »Dann redet also *Gott* mit dir? Das ist ja echt komisch!«

Jordan ging nun ziemlich schnell, immer noch still, aber nicht mehr so sehr darauf bedacht, keine Geräusche zu verursachen. Auf altem Laub rutschend, glitten sie zu einem tiefer gelegenen Teil des Felsufers.

Als Jordan kurz Pause machte, wollte Libby mehr wissen. »Du hast mir noch immer nicht gesagt, woher du wusstest, dass die Männer hinter uns waren.«

»Ich hab einfach Gott sagen hören: ›Jordan, warte!‹«

»In diesen Worten? Hat er laut gesprochen?«

»Diesmal nich'«, sagte Jordan, als zweifelte er nicht daran, dass Gott auch laut sprechen konnte. »Diesmal er hielt es geheim – irgendwo tief innen.«

»Keine Stimme?«, hakte Libby nach. »Aber was dann? Woher hast du es gewusst?«

»Ich hab's einfach gewusst.«

Als Libby die Arme hochwarf, grinste Caleb.

Jordan wollte weitergehen, doch Libby hielt ihn zurück. »Nein, warte. Es ist wichtig. Wie kann ich Gott so hören wie du?«

Jordan strahlte übers ganze Gesicht. »Du musst Jesus an dich ranlassen, Libby. Dann du hörst ihn reden.«

***

Die Nachmittagssonne wärmte Libby nun, doch obwohl das Tal relativ flach war, schmerzten ihre Beine und Füße bei jedem Schritt.

»Gib nicht auf«, ermutigte Caleb sie. »Laut deinem Papa kommen wir bald in Wacouta an.«

Als sie den Stadtrand erreichten, sah Libby zwei Hotels, die auf der Anhöhe über dem Lake Pepin gebaut waren. Statt direkt in die Siedlung zu gehen, blieb Caleb hinter einer Reihe von Bäumen stehen.

»Bullards Handelsposten ist am oberen Ende eines Bachs«, sagte Caleb. »Der Bach fließt in ein Watt beim Mississippi.«

Hinter den Hotels führte Caleb sie an eine Stelle mit Blick auf dieses Watt. Auf dem tief liegenden Gelände befand sich ein Handelsposten. Das musste Bullards Handelsposten sein.

»Wartet hier, während ich auskundschafte«, sagte Caleb. »Wenn wir ein Warnsignal brauchen, krächzt wie eine Krähe.«

Caleb rannte von Baum zu Baum den Hügel hinunter und versteckte sich dabei geschickt hinter den Ästen. Als Libby über Caleb hinweg zum Handelsposten schaute, bog ein großer blonder Junge um eine Ecke.

»Das ist der Schlägertyp, der dich gejagt hat!«, sagte Libby zu Jordan.

Augenblicke später folgte ein Junge mit dunkelbraunen Haaren dem ersten. »Der hat dich auch gejagt!«, rief Libby aus. »Die sind beide von der *Christina.*«

»Und jetz' beide sind Sklavenfänger«, antwortete Jordan. »Aber Caleb kann nicht sehn, was wir sehn. Er läuft direkt in 'ne Falle!«

Jordan kauerte sich hin, damit man ihn nicht sehen konnte, und rief: »Krah, krah, krah!« Das klang so echt, dass Libby kaum glauben konnte, dass es keine Krähe war.

Erneut schrie Jordan: *»Krah, krah, krah!«*

Aus einiger Entfernung antwortete eine Krähe im Wald. *»Krah, krah, krah!«*

Jordan grinste und rief zurück. Diesmal antwortete eine Eule.

Libby starrte in die Baumkronen und versuchte, die Eule zu entdecken. Nicht weit von ihnen entfernt saß sie hoch oben auf einem Baum. Als ob sie ihr Territorium abstecken wollte, schreckte sie jegliche Eindringlinge ab.

Caleb kehrte im Laufschritt zurück. Als er wieder zu Atem gekommen war, gingen sie gemeinsam weiter.

Caleb führte sie zu einem Kliff. »Dein Papa meinte, es sei zu schwierig, den Bach auf dem nassen Watt zu überqueren, also müssen wir es vom Felskliff aus versuchen.«

Sie kletterten höher und suchten nach einer Stelle, wo sie den Bach überqueren konnten. Bald kamen sie zu einer Schlucht – einem tiefen, schmalen Tal zwischen steilen Abhängen. Die Schlucht bestand aus zerklüfteten, stufenähnlichen Kalkstein- und Sandsteinfelsen. Wo normalerweise kein Wasser floss, füllte zurzeit Schmelzwasser die Schlucht zum Überlaufen. Das Wasser wirbelte durch schmale Öffnungen und rauschte über Felsvorsprünge.

Über den rasenden Bach war ein Baum gefallen, den Caleb und Jordan nun als Brücke benutzten. Als Libby ihnen folgte, schaute sie nach unten und verspürte Angst. Obwohl Papa ihr das Schwimmen beigebracht hatte, konnte sie nur noch an die Felsen unter ihr und an die Kälte des Wassers denken.

Als Caleb bei einer anderen Schlucht, durch die viel Wasser abfloss, endlich Pause machte, keuchte Libby. Sie musste sich bemühen, Schritt zu halten. Erschöpft sank sie neben Caleb zu Boden und holte tief Luft. Jordan übernahm die Wache und suchte das Gebiet vor ihnen ab.

Langsam schien die Reise für Libby nicht mehr enden zu wollen. »Werden wir Doktor Sweney je erreichen?«, fragte sie. »Elsa braucht *jetzt* Hilfe.«

»Wir sind ziemlich gut in der Zeit«, ermutigte Caleb sie. »Wenn wir diesen Teil erst hinter uns haben, kommen wir wieder schneller vorwärts.«

Libby seufzte. Sie zog ihre nassen Schuhe aus und rieb sich die schmerzenden Füße. In der Nähe säumte Eis das felsige Bachufer. Im Schatten des hohen Steilhangs vor ihnen lagen größere Eismassen, die riesige Wasserlachen am Abfließen hinderten.

Caleb zeigte auf einen Eiskeil, der über die Schlucht

ragte. »Hoffentlich sind wir nicht gerade unter einem solchen, wenn er nachgibt.«

Libby bestaunte den Eisdamm und zog ihre Schuhe wieder an. Die drei gingen weiter. Nochmals benutzten sie einen umgefallenen Baum, um einen Bach zu überqueren. Als Libby den Jungen folgte, erzitterte der Baumstamm. Erneut starrte sie hinunter auf die Felsen und das rauschende Wasser. Zu erschrocken, um weiterzugehen, ließ sie sich auf Hände und Knie fallen.

»Beeil dich!«, rief Caleb, als sie zu kriechen begann.

Stattdessen bewegte sich Libby nur zentimeterweise vorwärts. Nach endlos scheinenden Minuten sprang sie auf festen Boden.

Kurz darauf kamen sie zur bisher größten Schlucht. Dieser Bach schien sich ihnen als ernsthaftes Hindernis in den Weg zu stellen, obgleich er weniger Wasser führte als die vorherigen Bäche.

Caleb erkundete das Gelände nach einem Weg. »Der Bach mündet in einen anderen Bach«, meldete er, als er zurückkam. »Wahrscheinlich ist der andere Bach der Bach, der an Bullards Handelsposten vorbeifließt. Wir haben keine andere Wahl, wir müssen hier rüber.«

»Vielleicht gibt's Trittsteine, die über den Bach führen.« Libby wollte nicht nochmals einen umgefallenen Baum benutzen.

Da fiel Caleb ein Felsvorsprung im Kliff über ihnen auf. »Ich geh mal da hinauf und schaue nach, ob uns das weiterhilft«, teilte er Libby und Jordan mit.

Caleb kletterte den Hügel vorsichtig hinauf, damit er keine Steine lostrat. Unten am Bach suchten Libby und Jordan immer noch nach einer geeigneten Stelle zum

Überqueren. Weiter oben, in der Nähe des Felshangs, wurde die Schlucht steiler und der Bach schmaler.

Als sie an eine Stelle mit schroffen, flacheren Felsen kamen, kletterte Libby auf einen davon hinaus. Zwischen den Felsblöcken wirbelte das Wasser mit reißenderer Strömung, als Libby je gesehen hatte.

»Wir können von hier dort rüberspringen«, sagte sie und zeigte auf einen nicht allzu weit entfernten Felsen. Dahinter lag ein anderer Stein wie ein Tritt, hinter diesem noch einer. »Das Wasser ist nicht tief.«

»Aber es is' schnell.« Jordan klang skeptisch. »Wenn du stürzt, schießt du gleich die ganze Schlucht runter.«

Er wollte sich nach einem besseren Weg umsehen. Auf beiden Seiten des Baches lagen kleine Äste und Blätter herum, die mitgeschwemmt worden waren, als der Wasserpegel höher war. Hier und da lagen Äste verstreut, die von der Sonne gebleicht worden waren, doch sie waren alle zu klein, um als Brücke zu dienen.

Während Libby erneut die Felsen in Augenschein nahm, hörte sie eine Krähe krächzen. *»Krah, krah, krah!«* Zuerst schenkte sie dem Krächzen keine Beachtung. Dann fiel ihr ein: *Das ist ja das Warnsignal!*

»Krah, krah, krah!«

Libby schaute auf. Caleb war über ihnen auf den Felsvorsprung hinausgekrochen. Er lag auf dem Bauch und zeigte in die Richtung, aus der sie gekommen waren.

Jordan hielt die Handflächen nach oben, wie um zu fragen: »Was sollen wir tun?«

Caleb zeigte auf ihn und Libby, dann über den Bach. Seine Hand bewegte sich schnell, um anzudeuten, dass sie sich beeilen sollten.

»Wir müssen gehn«, sagte Jordan. Erneut begutachtete er die gezackten Steine, immer noch misstrauisch.

»Du zuerst«, bestimmte er, als Libby zögerte. »Ich bleib zwischen dir und den Fänger.«

Von dem Fels aus, auf dem sie stand, machte Libby einen ersten Satz. Von dort sprang sie zum nächsten flachen Stein. Dahinter befand sich ein weiterer trittähnlicher Stein. Als sie sicher landete, blickte Libby zurück und sah sich nach Jordan um. Stattdessen erblickte sie drei Männer, die aus dem Wald kamen.

Libby starrte sie an. Die ersten beiden waren zwei der Schlägertypen, die Jordan gejagt hatten. Doch der dritte Mann ... Sogar aus dieser Distanz bemerkte Libby, dass er besser gekleidet war als die anderen. Er trug einen braunen Anzug und einen Kastorhut, und er trug seine Brille ziemlich weit vorne auf seiner Nase.

Ein leiser Schrei entfuhr Libby. »Doktor Hutton!«

Als Jordan auf den Felsblock neben ihr sprang, stöhnte Libby auf. »Ich habe ihm vertraut! Und er hat sogar noch angeboten, mich zu beschützen!«

Doch Jordan ließ sie nicht ausreden. »Geh weiter, Libby«, warnte er. »Du muss immer weitergehn.«

Libbys nächster Sprung war unsicher. *Hutton! Ausgerechnet er!* In ihrem tiefsten Inneren fühlte sich Libby betrogen.

Sie versuchte, ihren Ärger beiseitezuschieben, und sprang weiter. Zwei weitere Sprünge, und sie hatte es geschafft. Doch plötzlich blieb sie wie angewurzelt stehen. Die nächsten Felsen waren zu weit auseinander.

Während sie noch überlegte, was sie nun tun sollte, holte Jordan sie ein. »Schnell! Ihr Atmen is' schon auf deinem Rücken!« Er sprang über danebenliegende Felsen ans andere Ufer.

Mit wachsendem Schrecken starrte sie auf den Weg, den Jordan genommen hatte. Für ihre kürzeren Beine war der Abstand zu groß.

»Geh dorthin!« Jordan zeigte auf Steine, die etwas weiter bachabwärts waren.

Stattdessen wirbelte Libby herum. Hutton und die zwei Sklavenfänger eilten auf die Schlucht zu.

»Ich sehe euch!«, rief Hutton. »Stehen bleiben!«

Libbys Herz raste. *Er hat mich ausgetrickst! Er wird Jordan in die Sklaverei zurückführen! Er wird Beweise dafür haben, dass Papa einen entlaufenen Sklaven versteckt hat!*

Vom anderen Ufer aus zeigte Jordan erneut auf die Steine, die Libby nehmen sollte. Stattdessen handelte sie panisch. Sie wählte den kürzeren Weg und sprang.

Doch Libby verfehlte den nächsten Stein. Sofort drang der Schock des kalten Wassers durch ihren Körper. Als sie versuchte, den Grund zu berühren, wurden ihre Füße von der starken Strömung nach oben gedrückt.

Ich kann schwimmen, wurde Libby in diesem Augenblick bewusst. Mit aller Kraft versuchte sie, sich irgendwo festzuhalten. Doch die Strömung warf sie gegen einen Felsen.

Plötzlich hörte sie ein lautes Krachen: Ein großer Eisbrocken hatte sich losgerissen. Das Tosen des Wassers war ohrenbetäubend.

»Libby!«, schrie Jordan. »Der Eisdamm is' gebrochen!«

Jordans Entscheidung

Libby hörte den Schrecken in Jordans Stimme. Dann strömte eine gewaltige Wasserwand über sie hinweg. Wie eine Stoffpuppe wurde sie von einer Seite zur anderen geschleudert. Als sie versuchte zu atmen, füllte sich ihr Mund mit Wasser.

Instinktiv kämpfte sich Libby an die Oberfläche zurück. Als sie nach Luft japste, schlug ihre Schulter gegen einen schroffen Felsen. Kurz darauf wurde sie nochmals gegen einen Stein gespült. Diesmal spürte sie den Aufschlag am Bein.

Libbys Panik nahm zu. *Mein Kopf! Die Felsen!*

Sie versuchte, sich mit den Armen zu beschirmen. Etwas zu fassen. Sich festzuhalten. Doch ihre Hände rutschten ab.

Die Felsen, dachte sie erneut. *Wenn ich mit dem Kopf aufschlage, verliere ich das Bewusstsein. Was kann ich bloß tun?*

Mit der letzten Kraft, die sie aufzubringen vermochte, schaffte es Libby, ihre Arme zu heben, den Kopf zu umfassen und die Beine auszustrecken. Im nächsten Wasserwirbel änderte sich etwas. Von der Sturzflut getragen schoss Libby mit den Füßen voran die Schlucht hinunter. Als rutschte sie eine Treppe hinunter, ritt sie auf der Strömung.

Die abgeschliffenen Steine schlugen gegen ihren Rücken. Schroffe Felsen auf den Seiten schürften ihr Arme und Beine auf. Auch ihre Füße schlugen auf Felsen, und sie überschlug sich beinahe.

Einen kurzen Augenblick sah Libby Jordan den Bach entlangrennen. Im nächsten Augenblick stolperte er und war verschwunden. Dann brachte die Strömung Libby ans Ende der Schlucht. Libby spürte, dass sie hinunterfiel, und schrie laut: »Hilfe!«

Vom Wasser getragen, platschte sie in den größeren Bach hinunter. Obwohl sie unter Wasser gedrückt wurde, kämpfte sie sich wieder nach oben. Erneut wurde sie von der Strömung weitergeschwemmt.

Instinktiv hob Libby ihre Arme und versuchte zu schwimmen. Doch ihre Glieder waren taub. Taub vor Angst und Kälte. Zu müde, um zu schwimmen.

Ihr Kopf fühlte sich leicht an, sie war außer Atem. Ihr Körper erschlaffte.

»Libby!«

Aus weiter Ferne vernahm sie den Schrei. Einmal mehr kämpfte Libby und bewegte ihre Hände. Dann stieß sie plötzlich irgendwo an.

Libby atmete schwer, aber sie hielt sich fest. Zog sich hoch. Schnappte nach Luft.

Die Äste einer umgefallenen Pappel hielten sie. Erleichterung durchströmte Libby. *Ich bin in Sicherheit!*

Dann schwankten die Äste. Die Strömung zog an Libby und versuchte sie mitsamt dem Baum bachabwärts zu reißen.

Wie lange?, fragte sich Libby verzweifelt. *Wie lange kann ich mich festhalten?*

»Libby!«

Sie drehte den Kopf und sah Jordan im Bach stehen. Das Wasser stand ihm bis zur Hüfte, während er ihr einen starken Ast hinhielt.

»Halt fest!«, rief er.

Mit einer Hand klammerte sich Libby am Baum fest, und mit der anderen versuchte sie, Jordans Ast zu erreichen. Doch er war zu weit entfernt.

Also ging Jordan tiefer ins Wasser und rief nochmals: »Pack ihn!« Erneut streckte sich Libby, doch der Ast war immer noch zu weit weg.

Jordan packte den Ast fest mit beiden Händen und ging noch tiefer hinein. Das eisige Wasser ging ihm bis zu den Schultern und berührte sein Kinn. Seine Augen waren vor Schreck weit aufgerissen, während er sich bemühte, den Ast zwischen sich und Libby zu halten.

Ein knapper Meter trennte sie noch von dem Ast. Als die Strömung ihn umwirbelte, schwankte Jordan und ging beinahe unter.

In diesem Augenblick bemerkte Libby, dass ihre Füße den Stamm der Pappel berührten. Mit voller Kraft stieß sie sich ab. Als sie Jordans Ast zu fassen bekam, ging Jordan Schritt für Schritt rückwärts.

»Halt fest!«, rief er und ging weiter zurück.

Libby klammerte sich am Ast fest. Die Strömung riss mit unverminderter Kraft an ihr, doch Jordan zog sie an Land.

Als Libby endlich festen Boden unter den Füßen hatte, lenkte der Ast sie. Erst als Libby an Land stolperte, hörte Jordan auf zu ziehen.

Sicher am anderen Ufer des tobenden Bachs angekommen, sank Libby zu Boden. Sie atmete langsam und ruckartig und schnappte immer wieder nach Luft. Ihr Herz hämmerte, als sie die kalte Luft durch ihre nassen Kleider spürte. Verzweifelt stützte sich Libby auf und blickte sich um. Wie durch einen Schleier sah sie Jordan auf dem Boden knien.

Er hatte seine Arme hoch über den Kopf gestreckt und schaute zum Himmel auf. »Danke, Herr! Gelobt sei' du, Jesus! Halleluja!«

Libby hatte Jordans vor Schreck weit aufgerissene Augen noch lebhaft in Erinnerung. »Wie bist du hierhergekommen?«, fragte Libby mit klappernden Zähnen. Sie war bereits völlig durchgefroren.

»Ich renn mit aller Kraft.« Als spürte er die Kälte erst jetzt, begann Jordan plötzlich zu zittern. Libby konnte sich noch nicht zusammenreimen, was genau geschehen war, als sie den Felshang über ihnen anstarrte. Dort, wo sich der Bach in den größeren Bach entleerte, ergoss sich das Wasser über senkrechte Felsen. *Bin ich so weit heruntergefallen?*

Dann sah sie den steilen Hang neben den Felsen. *Jordan ist da heruntergerannt und hat überlebt?*

»Wir müssen uns bewegen.« Jordan sprach mit Mühe. »Wir müssen uns unbedingt bewegen.«

Libbys nasse Kleider klebten an ihr fest. Als sie den ersten Schritt machte, spürte sie, wie verbeult ihr ganzer Körper war. Sie schaute an sich hinunter und sah Blut aus rissigen Schnittwunden an ihren Armen rinnen. Doch das Blut schien jemand anders zu gehören.

Dann fiel Libby etwas ein. »Wo ist Caleb?«

Jordan schüttelte den Kopf. Sein hilfloses Schulterzucken sagte mehr aus als Worte.

Libby stöhnte. *Vielleicht hat der Eisbrocken Caleb am Kopf getroffen. Vielleicht war er genau vor dieser Wasserwand. Vielleicht wurde er bachabwärts getrieben.*

Libby vergaß, wie oft sie sich mit Caleb nicht gut verstanden hatte. Sie wollte einfach, dass ihm nichts zugestoßen war. Doch sie war vom Schock wie betäubt.

Dann, wie durch einen Schleier, sah Libby einen Jungen, der sich einen Weg den steilen Abhang herunterbahnte. Indem er sich an kleinen Bäumen und Büschen festhielt, kam er schnell voran. Immer noch verwirrt realisierte Libby auf einmal, dass es Caleb war.

Als er sie erreichte, starrte er Libby an, als traue er seinen Augen nicht. »Ist alles in Ordnung mit dir?«, flüsterte er. Eine eigenartige Mischung aus Angst und Erleichterung sprach aus seinen Augen.

Sofort traten Libby Tränen in die Augen und trübten ihr die Sicht.

»Ich habe alles von oben gesehen. Mann, ich bin echt froh, dass du noch unter uns bist, Libby«, sagte Caleb nun.

»Und *ich* bin froh, dass *du* noch lebst«, antwortete sie, als sie wieder in der Lage war zu sprechen.

Caleb klopfte Jordan auf die Schulter und half ihm auf die Füße. »Danke, mein Freund«, sagte Caleb einfach. »Ich weiß nicht, wie ich es Libbys Papa hätte beibringen sollen.«

Schnell schaute Caleb sich um. »Kommt«, forderte er Libby und Jordan auf. »Ich habe eine Höhle gefunden. Ich werde ein Feuer machen.«

Caleb nahm Libbys Hand und legte sich ihren Arm über die Schulter. Er stützte sie, als sie im Zickzack den steilen Hang erklommen. Jordan schwankte mehr, als dass er ging, doch er hielt sich dicht an sie. Mehrere

Male blieb Caleb stehen, um ihn zum Weitergehen zu ermuntern.

In Libbys durchnässten Schuhen kribbelten ihre Füße und fühlten sich an, als ginge sie auf tausend kleinen Nadeln. Doch bald wurde die Kletterei schwieriger. Caleb griff nach Büschen und kleinen Bäumen, wobei er zuerst Libby half und dann seine freie Hand nach Jordan ausstreckte.

Im groben Kies des Kalksteinhangs sanken Libbys Füße ein. Als sie ausrutschte und beinahe hinfiel, hielt Caleb sie an der Hand fest. Das jagte Libby einen starken Schmerz durch den Arm. Mit jedem Schritt vergrößerte sich ihr Elend.

Caleb blieb oft stehen, um nach Grasflecken oder flachen Felsen Ausschau zu halten, wo man gut stehen konnte. Er schleppte und zerrte Libby weiter. Allmählich wurde ihr wärmer. Als der Hang noch steiler wurde, begann sie zu schwitzen. Sie drehte sich nach Jordan um, der dicht hinter ihnen kletterte. Auch ihm schien warm zu sein. Schweißperlen standen ihm auf der Stirn.

Sobald sie die Höhle erreicht hatten, zündete Caleb ein Streichholz an und prüfte, ob in der Höhle alles in Ordnung war. Dann zog er Libby in die Dunkelheit hinein. Als ihre Knie einknickten, fing Caleb Libby auf und setzte sie langsam auf dem Boden ab. Dann kniete er sich hin, um ihr die Schuhe auszuziehen. Aus der Tasche auf seinem Rücken nahm er trockene Kleider.

»Zieh deine nassen Kleider aus und nimm diese«, sagte er. »Wenn du herauskommst, habe ich ein Feuer gemacht.«

Sobald er sie verlassen hatte, machte Libby die Kälte wieder zu schaffen. Nach der wärmenden Kletterei schien die kalte Luft noch beißender als zuvor. Libby war von Kälte durchdrungen. Sie fingerte ungeschickt an den Knöpfen herum, da ihre Finger taub waren.

Am ganzen Körper zitternd, zog sie ihre nassen Kleider aus. Erneut sah sie das Blut an ihren Armen und Beinen. Doch sie fragte sich, woher sie so viele Prellungen und Schnittwunden hatte.

Als sie sich endlich fertig angezogen hatte, konnte Libby nur noch an eines denken. *Caleb hat ein Feuer versprochen!*

In der Nähe des Höhleneingangs brannte das Feuer bereits munter. Benommen ließ sich Libby neben den Flammen nieder. Caleb wickelte sie in eine trockene Decke.

Jordan kauerte bereits so nah am Feuer, wie er nur konnte, ohne sich zu verbrennen. Caleb hatte ihm seine Jacke und seine Mütze und jedes trockene Kleidungsstück gegeben, das er noch besaß.

Trotz des Feuers hatte Libby das Gefühl, dass ihr nie mehr warm werden würde. Als ihre Taubheit langsam abnahm, machten sich ihre blauen Flecken bemerkbar. Erst dann sah sie ihre aufgeschürften Hände.

In dem kleinen Eimer, den er getragen hatte, brachte Caleb einen Eisblock zum Schmelzen. Als das Wasser warm genug war, füllte er es in kleine Blechtassen. Nachdem die warme Flüssigkeit ihr die Kehle hinuntergeronnen war, fühlte sich Libby besser, obwohl ihr immer noch die Zähne klapperten.

Auf der anderen Seite des Feuers zitterte auch Jordan vor Kälte. Libby erinnerte sich daran, was er für sie getan hatte. Als durchlebte sie es noch einmal, erinnerte sie sich an seine Angst, als ihm das Wasser bis zum Kinn reichte, als er den Ast zu ihr hinstreckte.

»Jordan«, begann Libby mühsam. »Du kannst nicht schwimmen, nicht wahr? Du bist hinausgewatet, um mich zu retten, und du kannst nicht einmal schwimmen.«

Jordan wollte es mit einem Schulterzucken abtun. Doch sein ganzer Körper erschauderte. Plötzlich dachte Libby an die Sklavenfänger. *Hutton! Nicht Riggs, den wir vermutet hatten.*

»Wo sind sie?« Libby brachte die Worte kaum heraus.

Doch Caleb wusste, wen sie meinte. »Die Sklavenfänger? Ich hoffe, sie sind auf der anderen Seite der Schlucht.«

Calebs Stimme war leiser als gewöhnlich, als könnte er es immer noch nicht recht glauben, dass Libby überlebt hatte. »Laut deinem Papa verbreitert sich der Bach da unten, wo wir waren, noch mehr. Falls Hutton und seine Kollegen versuchen, das Watt zu überqueren, werden sie tiefes Wasser vorfinden. Falls sie es so wie du versuchen, geraten sie genauso in Schwierigkeiten.«

Es sei denn, die Strömung wird langsamer. Plötzlich wusste Libby, dass sie wieder klar denken konnte. »Hutton hat uns reingelegt.« Libby erschauderte, diesmal jedoch nicht vor Kälte. »Er hat gelogen. Er hat vorgegeben, etwas zu sein, was er nicht war.« Libby war jetzt wütend. Trotz ihres elenden Zustands wurde sie von quälenden Fragen verfolgt. »Wird uns der Rauch nicht verraten?«

»Sieh doch mal!«

Als Libby in die Richtung schaute, in die Caleb zeigte, sah Libby, wie der Rauch in die Höhle zurückwehte.

»Es gibt einen Spalt im Kalkfelsen, der den Rauch abzieht«, erklärte Caleb. »Irgendwo da hinten geht er raus – weit entfernt.« Das erste Mal seit Libbys Unfall grinste Caleb. »Vielleicht ist das Gottes Schutz.«

Bald teilte Caleb seine übrigen Sandwichs mit Jordan und Libby. »Das waren die letzten«, sagte er, als sie alles aufgegessen hatten. »Morgen könnt ihr nicht hungrig sein.«

»Morgen!«, rief Libby aus. »Wir sollten schon längst bei Doktor Sweney sein. Seht nur, wie viel Zeit wir wegen Hutton verloren haben!«

»Aber wir sind schon so weit gekommen«, meinte Caleb. »Wir können immer noch hoffen, dass wir rechtzeitig Hilfe finden für Elsa.«

Beinahe im Minutentakt fand Libby neue Prellungen. Als sie ihr Gesicht berührte, spürte sie getrocknetes Blut auf ihrer Wange.

Caleb nahm ein sauberes Tuch aus seiner Tasche und tauchte es ins verbliebene warme Wasser.

»Halt still«, sagte er, als er sich neben Libby kniete. Sanft wusch er die Schnittwunde auf ihrer Wange.

Während er mehr Eis zum Schmelzen brachte, überprüfte er ihre Arme. Hier hatte sie ebenfalls Schürfwunden und Prellungen. »Fühlt sich irgendetwas gebrochen an?«, fragte Caleb.

Als Libby den Kopf schüttelte, sagte er: »Es ist ein

Wunder, dass du am Leben bist. Das weißt du, nicht wahr?«

Sorgfältig wusch er die Wunden an ihren Armen und stellte dann ihre Schuhe direkt neben das Feuer. Als sie zu dampfen begannen, nahm Caleb in der Nähe des Feuers warme Erde und füllte sie in Libbys Schuhe.

»Hey! Was fällt dir ein?«, protestierte Libby.

»Ich trockne bloß die Innenseiten.«

Sobald Libby aufhörte zu zittern, breitete sie ihre nassen Kleider aus. Im tiefsten Innern fühlte sie einen schmerzlichen Stich. »Und ich habe gedacht, wir könnten Hutton vertrauen!« Sie schaute über das Feuer. »Aber Jordan hatte recht.«

»Der hat mir noch nie nich' gefallen«, murmelte Jordan.

Libby erinnerte sich an Jordans Worte. Sie wünschte, sie hätte auf ihn gehört. »Denkst du, dass Riggs Hutton als Sklavenfänger angeheuert hat?«, fragte sie Caleb.

»Da bin ich mir ganz sicher«, antwortete er. »Warum wäre Hutton sonst gerade in Saint Louis an Bord gekommen?«

Das machte Libby wütend. »Wir haben so sehr nach Riggs Ausschau gehalten, und er hat jemand anders geschickt! Oder denkst du, dass Riggs immer noch auf der *Christina* ist?«

»Das werden wir herausfinden, wenn wir zurückkehren«, sagte Caleb. »Im Augenblick bereiten uns Hutton und seine beiden Sklavenfänger mehr Sorgen.«

Falls sie den Hügel heraufkommen – Libby versuchte, nicht daran zu denken. Falls die Sklavenfänger plötzlich auftauchten, konnte sie kaum aufstehen, geschweige denn rennen.

Wie ein Wächter saß Caleb am äußeren Rand des Feuers neben dem Höhleneingang. Als die Sonne hinter dem Steilhang, der sie überragte, unterging, sank die Temperatur. In der grauen Abenddämmerung sammelte Caleb mehr Holz. Als er einen ansehnlichen Haufen beisammenhatte, setzte er sich wieder.

Jordan saß mit dem Gesicht zum Höhleneingang. Obwohl seine Zähne klapperten, waren seine Augen wachsam.

Die Gefahr ist also noch nicht vorüber, dachte Libby. *Sie machen sich immer noch Gedanken. Und warten ab.*

Als die Dunkelheit hereinbrach, stand Caleb oft auf, schlich herum, starrte in die Dunkelheit und lauschte. Schließlich machte Jordan den Eindruck, als wäre ihm endlich warm. Als er sich aufrichtete, sah Caleb ihn an. »Jordan, hat Libby recht? Du kannst nicht schwimmen?«

»Nein, aber ich es unbedingt muss lernen«, sagte Jordan. »Was, wenn ich meine Familie muss helfen über 'nen Fluss, um frei zu werden?«

Erneut erinnerte sich Libby an jene fürchterlichen Augenblicke im reißenden Bach. *Jordan hat sein Leben riskiert – alles –, um die Freiheit zu erlangen. Doch nun, da er sie hat, hat er beinahe sein Leben für mich gelassen.*

Libby konnte ein solches Geschenk nicht verstehen. »Jordan«, fragte sie, »wie konntest du hineinwaten, um mich zu retten, obwohl du nicht schwimmen kannst?«

»Ich musste«, sagte er.

»Nein, du musstest gar nicht.« Libby hatte Jordans

schreckerfülltes Gesicht lebhaft vor Augen. »Jemand anders hätte mich vielleicht ertrinken lassen. Was, wenn *du* ertrunken wärst?«

»Ich wär bereit g'wesen.«

»Bereit wozu?«

»Bereit zu sterben.«

»Du wusstest, dass du vielleicht sterben würdest beim Versuch, mich herauszuziehen?«, fragte Libby.

»Ja. Aber ich hab nich' dran gedacht.« Jordan klang, als ob seine Tat auch ihn überraschte. »Wenn ich drüber nachdacht hätt', hätt' ich dasselbe getan.«

»Warum?«, wollte Libby wissen.

»Wegen deinem Papa«, grinste Jordan. »Und wegen dir.«

Libby spürte einen Kloß im Hals. Worte konnten niemals ausdrücken, was sie empfand, doch sie musste es versuchen. »Ich kann dir nicht genug danken, Jordan.«

Er nickte und nahm ihren Dank an. Doch Libby wusste, dass er immer noch der Meinung war, er habe nichts Besonderes getan.

Als die Nacht vorrückte, schaute Libby in die Dunkelheit hinter dem Feuer, und ihre Angst kehrte zurück. *Was, wenn die Sklavenfänger den Hügel heraufschleichen? Sobald sie uns finden, verliert Jordan seine Freiheit.*

»Jordan, wie hältst du das nur aus?«, fragte sie. »Wie hältst du das aus – zu wissen, dass dich jeden Augenblick ein Sklavenfänger entdecken könnte?«

Im Schein des Feuers ließ Jordan seinen Blick über den Höhleneingang hinausschweifen. Als er wieder Libby und Caleb anschaute, waren seine Augen ernst und feierlich. »Wenn ich allein wär, würd' ich es nich' aushalten.«

Allein! Genau! Im tiefsten Innern fühlte Libby eine Leere, die nie ganz verschwand und ihr besonders gegenwärtig war, wenn sie an all die Situationen dachte, in denen sie hätte sterben können.

»*Ich* versuche alles selbst zu tun«, meinte sie kleinlaut.

»Du musst wissen, wie man kann frei sein«, erklärte Jordan ihr. »Ich bin schon lange frei.«

Libby war verwirrt. »Ich dachte, du seist erst kürzlich aus der Sklaverei entkommen.«

Jordan grinste. »Dieser Riggs. Mein Old Massa. Die schauen nur aufs Äußere. Die denken: ›Dieser Junge gehört mir.‹ Aber ich, ich weiß es besser. Hier drin –«

Jordan zeigte auf sein Herz. »Hier drin, ich war frei, auch als Sklave. Es ist Jesus, der mich macht frei, Libby. Du musst Jesus ranlassen an dich.«

»Aber wie?«, flüsterte Libby. Sie wollte so tun, als ob sie alle richtigen Antworten kennt. Doch dann dachte sie an Mama, die auch dann stark gewesen war, wenn sie Angst gehabt hatte. An Papa, der ruhig geblieben war, als Riggs die Treppe heraufkam und ihn verhaften wollte. An Caleb, der sich für seine Überzeugungen einsetzte. Und an Jordan, der alles aufs Spiel gesetzt hatte, um sie vor dem Ertrinken zu bewahren.

In diesem Augenblick wurde Libby etwas bewusst. Sie wandte sich an Caleb. »Man braucht Mut, um an Gott zu glauben, nicht wahr?«

Caleb schaute sie an und nickte: »Ja, Mut und Vertrauen!«

»Aber wenn du glaubst, *gibt* dir Gott dann Mut?«, fragte Libby. »Funktioniert es so?«

Erneut nickte Caleb.

Ein lange unterdrücktes Schluchzen brach aus Libby heraus. »Wie lass ich also Jesus an mich ran?«

Im Schein des Feuers lehnte sich Caleb vor. »Er hat schon alles für dich getan, Libby. Er ist am Kreuz gestorben, weil er dir seine Liebe und Vergebung aller deiner Sünden schenken will. Und ewiges Leben!«

»Wirklich?« Hoffnung erfüllte Libbys Herz.

»Sag ihm, dass dir deine Sünden leidtun, dein Stolz und dein Eigenwille. Bitte ihn, dir zu vergeben. Dein Erlöser zu sein – und dein Herr! Bitte ihn einfach darum.«

Bitte ihn einfach darum. Die Worte blieben in der Nachtluft zwischen ihnen hängen.

Als Libby ihren Kopf zum Gebet neigte, strömten ihr Tränen die Wangen hinunter. Doch als sie zu Ende gebetet hatte, empfand sie einen tiefen Frieden.

Sie wusste nicht, wo sich die Sklavenfänger befanden. Sie wusste nicht, was in dieser Nacht geschehen würde. Doch sie rückte ganz nah ans Feuer, wickelte sich fest in die Decke ein und schlief ein.

Große Schwierigkeiten

Als Libby am nächsten Morgen aufwachte, legte Caleb gerade mehr Holz aufs Feuer. Er kniete sich neben Jordan und rüttelte ihn wach.

»Zeit für deinen Schwimmunterricht«, sagte er, als Jordan sich aufsetzte.

»Schwimmunterricht?« Als hätte er seine Worte von gestern vergessen, schob er sich näher ans Feuer heran. »Machst du Witze?«

»Nö. Irgendwann brauchst du es wahrscheinlich. Zum Beispiel, wenn wir deiner Familie raushelfen.«

Libby fröstelte, als sie an das eisige Wasser des Bachs dachte. »Schwimmunterricht im April?« Das graue Licht draußen vor der Höhle sagte ihr, dass die Sonne noch nicht aufgegangen war.

»Ich werde dir genug beibringen, um zu überleben«, versprach Caleb Jordan. »Also, schau her!«

Caleb hielt seine Hände mit gespreizten Fingern nach vorne. »Wenn du Angst hast und das Wasser so berührst, geht es zwischen deinen Fingern durch. Aber wenn du sie zusammenhältst –«

Caleb machte es ihm vor. »Nun öffne deine Arme mit den Handflächen nach außen. Führe dann deine Hände wie beim Klatschen zusammen. Halte deine Finger immer zusammen.«

Als Jordan seine Finger richtig hielt, berührte Caleb Jordans Rücken. »Lehne dich zurück, wie wenn du im Wasser liegen würdest.«

Jordan gehorchte.

»Kipp den Kopf nach hinten«, befahl Caleb. »Atme tief ein, sodass sich deine Lungen mit Luft füllen.«

Jordan setzte sich wieder auf, und Caleb fragte: »Alles klar?«

Jordan nickte.

»Gut!«, meinte Caleb. »Wenn du das mal wirklich brauchst, bist du wahrscheinlich gerade in Panik.«

Er verlangte, dass Jordan die Schwimmbewegungen mehrmals wiederholte. Jedes Mal kontrollierte Caleb, ob Jordan den Kopf nach hinten kippte und seine Lungen mit Luft füllte. »Und wenn du im Wasser bist, tritt mit den Füßen.«

Als das graue Licht stärker wurde, kippte Libby die Erde aus ihren Schuhen. Caleb löschte das Feuer. Lautlos und stets auf der Lauer wegen Hutton und seinen Sklavenfängern wählten sie ihren Weg den Steilhang hinunter. Am Fuß des Hangs folgten sie dem breiten Bach.

»Wenn wir in Schwierigkeiten geraten, geht einfach weiter – egal, was passiert«, ermahnte Caleb sie.

Egal, was passiert?, dachte Libby. Ihr graute vor dem Gedanken.

Bei jedem Schritt fragte sich Libby, ob Hutton hinter ihnen war. Waren er und seine Männer immer noch auf der Lauer – bereit, sie zu verfolgen?

Nach der Nacht am Feuer waren Libbys Schuhe trocken, aber steif. Ihr Rücken schmerzte, und ihr ganzer Körper war angeschlagen. Doch irgendwie schaffte sie es, mit den Jungen Schritt zu halten.

Häufig schauten sich Caleb und Jordan um und beobachteten ihre Umgebung genau. Hier und da sang Jordan leise:

I got wings, You got wings,
All God's children got wings.

(Ich hab Flügel, du hast Flügel,
Alle Kinder Gottes haben Flügel.)

Diesmal hatte Libby das Gefühl, dass die Worte nur ihr galten. Sie erinnerte sich an den Vers ihrer Mutter: »Fürchte dich nicht, denn ich bin mit dir; schau nicht ängstlich umher, denn ich bin dein Gott; ich stärke dich, ja, ich helfe dir.«

Ja, du bist WIRKLICH bei mir, Jesus! Du BIST mein Gott!

Als Libby und die Jungen endlich in Red Wing ankamen, mussten sie nach dem Weg fragen, doch dann fanden sie Doktor Sweney sofort.

Als sie ihre Geschichte erzählten, hörte der Arzt aufmerksam zu. »Was hat man für Elsa getan?«, fragte er.

Caleb erklärte es ihm, und der Arzt meinte: »Gut. Ich gehe gleich los. Vielleicht ist eure Freundin noch am Leben.«

Schnell füllte Doktor Sweney seinen Arztkoffer mit allem Nötigen. »Bevor ihr etwas esst, sucht unseren Postboten, Onkel Dave Hancock. Heute ist der Wochentag, an dem er normalerweise nach Reads Landing fährt. Falls er einen Wagen nimmt, könnt ihr vielleicht mitfahren.«

Sie konnten mitfahren. Auf dem ganzen Weg zurück nach Reads Landing fuhren Libby und die Jungen im Wagen und hielten nach Hutton Ausschau. An einer schlammigen Stelle in der Nähe von Bullards Handelsposten zeigte Caleb auf den Boden. Die Hufabdrücke von drei verschiedenen Pferden waren deutlich zu sehen.

»Vielleicht konnte Hutton Pferde auftreiben«, vermutete Caleb.

»Heißt das, er ist zur *Christina* zurückgeritten?«, fragte Libby.

Caleb zuckte mit den Schultern, als hätte er dies gern gewusst. »Vielleicht. Vielleicht auch nicht«, meinte er. »Wir werden es bald herausfinden.«

Als sie schließlich die *Christina* erreichten, erspähte Samson sie vom höchsten Deck aus und rannte zur Anlegeplanke herunter. Er wedelte mit dem Schwanz, bis er beinahe abfiel, und hieß sie so willkommen.

»Guter Hund!«, rief Libby, kniete sich hin und umarmte ihn.

Sobald die Jungen den Hund gestreichelt hatten, sprangen sie alle die Treppe zum Texasdeck hinauf. Dort trafen sie auf Doktor Sweney, der vor Libbys Kajütentür stand.

»Elsa ist immer noch sehr krank«, sagte Doktor Sweney, als er Caleb die Hand schüttelte. »Deine richtige Anweisung, viel Wasser zu trinken, hat sie wahrscheinlich am Leben erhalten.«

Am Leben, dachte Libby. Das Geschenk des Lebens erschien ihr nun sehr kostbar.

***

Dann eilte Libby zur Kajüte ihres Vaters. Papa saß in seinem großen Schaukelstuhl und schaute aus dem Fenster.

Als er Libby sah, sprang er auf. Ein warmes Willkommenslächeln erstrahlte auf seinem Gesicht. Als Papa seine Arme ausbreitete, lief Libby hinein. Sie war noch nie so froh gewesen über seine Umarmung.

»Geht's dir gut?«, fragte er. Er hielt sie auf Armeslänge von sich entfernt und blickte ihr prüfend ins Gesicht.

Libby schaute ihm in die Augen und nickte. Doch dann bemerkte Papa die Schramme auf ihrer Wange und die Prellungen und Schnittwunden an ihren Armen und Beinen. Gemeinsam setzten sie sich, und sie erzählte ihm die ganze Geschichte von Anfang an.

»Ist dir nicht übel?«, fragte er schließlich. Libby schüttelte den Kopf.

Zuletzt sagte sie: »Papa, ich verstehe es jetzt. Ich verstehe, was du in Bezug auf Gott glaubst. Ich glaube auch an ihn – wie du.«

Als Papa sie nochmals in den Arm nahm, sah Libby Tränen in seinen Augen. Eine Träne lief ihm die Wange hinunter.

***

Am folgenden Nachmittag stand Libby auf dem Sturmdeck und wärmte sich an der Sonne. *Der 30. April! Vielleicht – nur vielleicht – ist heute der Tag des großen Wettrennens!*

Vor einem wolkenlosen Himmel stieg der Rauch in Schwaden aus den langen Schornsteinen über ihrem Kopf auf. Von ihrem Ausguck hoch oben auf der *Christina* aus blickte Libby voller Hoffnung stromaufwärts.

Trotzdem wurde sie ein unbehagliches Gefühl nicht los. Beim Hinaufgehen am vergangenen Abend hatte sie auf das Kesseldeck hinuntergeschaut, wo die Passagiere spazieren gingen, und dort den Mann gesichtet, den sie für Riggs hielt. Doch als sie die Treppe hinuntergerast war, war er verschwunden.

Seitdem hatte sie sich über ihn Gedanken gemacht. Und über Hutton und seine Sklavenfänger. Sie schienen wie vom Erdboden verschluckt.

Seit sie von Red Wing zurückgekommen waren, hatte sie Jordan erst einmal gesehen. Da waren ihr seine Augen aufgefallen. *Er ist immer wachsam*, dachte sie. *Jordan will wissen, wer hinter ihm ist.*

»Doktor Sweney möchte Elsa nach Red Wing transportieren«, sagte Caleb, als er Libby auf dem Sturmdeck traf.

Calebs Gesichtsausdruck verriet ihr, dass auch er wollte, dass Elsa an einem warmen Ort aufgehoben war – mit einem warmen Ofen und allem, was sie zur Genesung brauchte.

»Ist es nicht gut zu wissen, dass du Elsa geholfen hast?«, fragte Libby sanft. »Dass du Frau Meyer gesagt hast, sie solle Elsa viel Wasser geben?«

Dann senkte sie die Stimme. »Ich glaube, ich habe Riggs gesehen.« Sie erzählte Caleb davon und fragte, ob er etwas von Hutton wisse.

Caleb schüttelte den Kopf. »Er hat diesen Sklavenfängern bestimmt viel Geld versprochen. Die werden nicht einfach so aus unserem Leben verschwinden.«

»Einen schönen Nachmittag!« Als Papa sich zu ihnen gesellte, bemerkte Libby den warmen Schein in seinen Augen. Er sah so aufgeregt aus, wie Libby sich fühlte.

»Habt ihr gehört?«, begann er. »Normalerweise warten nur zehn bis zwölf Dampfer darauf, dass das Eis schmilzt. Nun sind es *zweiundzwanzig*! Seit 1844 hat es noch nie so lange gedauert, bis der Lake Pepin befahrbar wurde.«

Nur einige Meter voneinander entfernt lagen die Dampfschiffe mit dem Bug zum Hafen und schienen ineinander verkeilt zu sein. Auf der einen Seite der *Christina* befand sich die *War Eagle*, auf der anderen die *Golden State*.

Die *Christina* war bereit loszufahren, sobald das Eis genug geschmolzen war. Direkt bei Reads Landing hatte sich der Wasserstreifen zwischen Ufer und Eis beträchtlich ausgedehnt. Doch die Eismasse weiter flussaufwärts schien immer noch massiv zu sein.

Dann lehnte sich Libby vor. »Ist das eine Öffnung? Ein dunkler Bereich im Eis? Oder bilde ich mir das nur ein?« Noch während sie auf den Fluss zeigte, verbreiterte sich der schmale Riss aus schwarzem Wasser.

Caleb grinste. »Genau darauf haben wir gewartet!«

»Jetzt geht's los!« Papa eilte davon.

Augenblicke später ertönte die Warnglocke dreimal. Sie würden sofort losfahren.

Die Luft wurde von Glocken und Pfeifsignalen erfüllt. Libby brannte darauf, alles zu sehen, und folgte Caleb zum Hauptdeck hinunter. Als er in Richtung Maschinenraum ging, folgte Libby in einigem Abstand.

Auf der *Golden State* und der *Christina* arbeiteten die Deckhelfer fieberhaft. Als sie die Leinen losmachten, drehte Caleb sich plötzlich um und kam auf Libby zu. Ein Blick hinter Caleb genügte ihr, um zu erraten, warum.

Zwei brutal aussehende Jungen standen neben der Tür zum Maschinenraum. Sie kamen Libby bekannt vor. Auf einmal wusste sie, wer sie waren. Die Sklavenfänger!

In diesem Augenblick trat einer der Schlägertypen Caleb in den Weg. Der andere sprach ihn an. Libby ballte angstvoll die Fäuste. *Caleb ist in großen Schwierigkeiten!*

Aber da war noch etwas. *Ist es nur ein Zufall?*, fragte sich Libby. *Oder wissen die Sklavenfänger, dass sie den Zugang zu Jordans Versteck versperren?*

Renn um dein Leben!

Von Panik erfüllt drehte sich Libby zur Treppe um. *Wo ist Papa? Ich muss ihn finden!*

Da sprang Jordan die Treppe herunter. Er stieß beinahe mit Libby zusammen, und sie hielt ihn zurück. »Was ist los?«, fragte sie.

»Hutton!« Jordan zeigte hinter sich.

»Warte!«, rief Libby.

»Ich muss verstecken!«

Libby war sich sicher, dass er zu seinem Geheimplatz gehen wollte. »Das geht nicht«, sagte sie. »Die Sklavenfänger haben Caleb aufgehalten!«

Libby spähte um die Ecke. Caleb und einer der Jungen standen immer noch ganz in der Nähe des Maschinenraums und versperrten den Weg zu der Luke, die Libby entdeckt hatte. Wie ein Wachhund war der andere Sklavenfänger vorgerückt und stand neben der Tür zum Frachtraum. Hinter dieser Tür war die zweite Luke zu Jordans Versteck.

»Sie haben deinen Geheimplatz abgeriegelt!«, warnte Libby.

Verzweifelt blickte Jordan zurück, die Treppe hinauf. »Hutton is' hinter mir her! Ich bin in der Falle!«

In diesem Augenblick blies ein Signalhorn. »Die *War Eagle*!«, flüsterte Jordan.

Das Dampfschiff lag auf der anderen Seite des Schiffes – nicht auf der Seite, auf der Caleb und die Sklavenfänger standen. Jordan bückte sich und hielt den Kopf tief. Zwischen Ladung und Passagieren schlich er über das Deck der *Christina*. Am Rand des Decks sprang Jordan ab und landete auf der *War Eagle*. Im nächsten Augenblick war er hinter dem Frachtgut verschwunden.

Keine Sekunde später kam Hutton die Treppe heruntergelaufen. Um seinen Fragen zu entgehen, eilte Libby davon. *Ich kann jetzt nicht zu Papa gehen. Hutton würde wissen, was ich vorhabe.*

Libby versuchte, so zu tun, als sei alles in Ordnung, und mischte sich unter die Menschenmenge am Bug. Als die *Christina* flussaufwärts stampfte, glitt die *War Eagle* neben sie.

Kurz darauf gesellte sich Caleb zu Libby. Er schaute nach vorn, wandte den Passagieren den Rücken zu und sprach mit leiser Stimme. »Hast du gesehen, was passiert ist?«

»Schlimmer.« Libby schaute ebenfalls nach vorn. »Hutton war hinter Jordan her.«

»Dann sind sie also alle zurückgekommen! Sie dachten wohl, sie kämen am weitesten, wenn sie die *Christina* im Auge behielten. Und damit hatten sie recht.«

Caleb klang, als spräche er übers Wetter. Doch Libby wusste, dass auch er höchst besorgt war.

»Und sie sind uns bis jetzt aus dem Weg gegangen«, sagte Libby. »Sie haben wohl gedacht, dass dies ein guter Zeitpunkt war, um Jordan zu fassen.« Libby erzählte Caleb, was geschehen war.

»Er ist auf der *War Eagle*?«, fragte Caleb genauso leise.

»Ich habe gesehen, wie er sprang. Ich glaube, er ist irgendwo zwischen diesem vielen Frachtgut.«

»Und Hutton?«, fragte Caleb. »Was ist mit ihm?«

»Ich glaube nicht, dass er weiß, wo Jordan hingegangen ist«, meinte Libby. »Was wird Jordan nun tun?«

»Vorgeben, ein Deckhelfer zu sein.«

»Und arbeiten, als würde er zur *War Eagle* gehören?«

»Das würde ich jedenfalls tun.«

»Caleb, denkst du immer darüber nach, was du tun würdest? Planst du immer voraus?«

Caleb grinste. »Mit dir an Bord wird es schwierig vorauszuplanen. Und wir wissen immer noch nicht, ob Riggs hier ist.«

Als die *Christina* den Lake Pepin erreichte, versuchte Libby alles zu sehen. Es gab zweifellos eine schmale Rinne mit schwarzem Wasser.

Drei andere Schaufelraddampfer waren vor ihnen. Als sie weiter in den Lake Pepin stampften, sah Libby riesige Eisbrocken, die sich verschoben und zerbröckelten. Als die Bahn, in die sie hineingefahren waren, breiter wurde, war Libby erleichtert.

Bald fuhr die *War Eagle* an der *Hamburg* und der *Sam Young* vorbei. Die *Christina* blieb dicht hinter der *War Eagle*, und die anderen Dampfer fielen zurück.

Libby drehte sich um und beobachtete die Dampfschiffe, die ihnen folgten. Da sie lange in Reads Landing gewartet hatten, erkannte sie die meisten. Die *Golden State* holte rasch auf. Als sie die *Christina* überholte, stöhnte Libby auf. »Jetzt sind zwei vor uns.«

»Nur Geduld«, meinte Caleb. »Das Rennen dauert noch lange.«

Während Libby und Caleb zuschauten, holte die *Golden State* die *War Eagle* langsam ein. Libby versuchte,

Calebs Worte im Kopf zu behalten, doch es fiel ihr schwer, noch weiter zu hoffen.

Dann trieb eine große Eismasse vorbei, ganz nah am hölzernen Schiffsrumpf der *Christina*. Das Eis machte Libby unruhig. Um sie herum stießen der Wind und die Strömung gegen die schweren, unebenen Blöcke.

Bald verlagerte sich das Eis und füllte langsam die schmale Bahn aus schwarzem Wasser. Riesige Brocken prallten gegen die *Christina* und erschütterten das ganze Schiff. Libby war froh, dass sich Elsa nicht mehr am Rand des Decks aufhielt.

Libbys Unruhe wuchs. Immer mehr Eis prallte auf die *Christina*. Zudem war der Wind stärker geworden, Libby spürte es im Gesicht.

»Das gefällt mir nicht«, bemerkte Caleb.

Libby wusste, dass die riesigen Eisbrocken ein Loch in den Rumpf der *Christina* schlagen konnten. *Sind deshalb keine entlaufenen Sklaven im Versteck?* Libby wusste nicht, ob die *Christina* entlaufene Sklaven so weit in den Norden brachte. Doch die erste Fahrt nach Saint Paul war besonders gefährlich für alle, die sich im Rumpf unten befanden.

Hinter ihnen sah Libby weitere Dampfer in ihrem Kielwasser. Die *Galena*, die *Falls City* und ein halbes Dutzend andere.

»Komm«, sagte Caleb, als der Wind noch stärker blies. »Wir gehen lieber in die Kajüte deines Papas.«

Von dort aus sahen sie zu, wie sich das Eis aufzuschichten begann. Ein großer Block schob sich auf den nächsten. Erschrocken beobachtete Libby das sich auftürmende Eis. Kleine Bergspitzen erschienen da und dort auf dem breiten See.

Plötzlich wurde das Packeis von einer Windböe erfasst. Dicht hinter der *Christina* knallte das Eis in die *Falls City* und trieb den Dampfer gnadenlos auf das Ufer zu. Ihr Rumpf wurde zerdrückt wie eine Eierschale, und die *Falls City* kippte auf eine Seite.

Libby blieb vor Schreck der Atem weg. »Was ist mit den Leuten passiert?«

»Nichts«, sagte Caleb. »Ein Teil des Dampfers ist an Land. Aber der Dampfer ist ein völliges Wrack.«

Sie schauten zu, wie die Passagiere eine Treppe hinaufstiegen. Innerhalb von Minuten verschwand das Hauptdeck der *Falls City* unter Wasser. Auf den sich neigenden oberen Decks klammerten sich die Leute an alles, was sie über Wasser halten würde, bis sie von jemandem auf dem Land gerettet wurden.

Die *Christina* legte einen Gang zu und versuchte dadurch dem Eis, das sich um sie herum bewegte, zu entkommen. Während der stundenlangen Fahrt durch den Lake Pepin stand Libby zwischen Caleb und Samson in Papas Kajüte.

Vor ihnen befanden sich die *Golden State* und die *War Eagle* beinahe auf gleicher Höhe. Einmal war sich Libby sicher, dass sie Jordan auf dem Deck der *War Eagle* arbeiten sah.

Bei Wacouta, am oberen Ende des Lake Pepin, gelangte die *Christina* endlich in sicherere Gewässer. Libby war ganz schwach vor Erleichterung, das Eis hinter sich zu lassen.

Inzwischen war die *Golden State* zurückgefallen,

doch Kapitän Laughtons Dampfer, die *Galena*, hatte unbemerkt aufgeholt. Obwohl die *War Eagle* die Führung hielt, war ihr die *Galena* dicht auf den Fersen.

»Wir nähern uns Red Wing«, sagte Caleb kurz nach Einbruch der Dunkelheit zu Libby. Gemeinsam gingen sie zu Libbys Kajüte.

Doktor Sweney hatte niemand anders außer Frau Meyer erlaubt, sich Elsa zu nähern. Nun ließ Libby ihre Freundin nur ungern ziehen, ohne sich zu verabschieden. Doch Doktor Sweney erwartete, dass Libby und Caleb in sicherer Entfernung blieben.

Libby schaute zu, wie der Arzt eine Decke zwischen zwei Stangen spannte, um daraus eine Tragbahre zu machen. Als Elsa gut darauf gebettet war, hoben zwei Deckhelfer die Tragbahre hoch.

»Tschüss, Elsa«, rief Caleb, als die Männer zur Treppe gingen.

Elsa hob eine Hand. »Tschüss, Caleb.« Ihr blasses Gesicht erschien beinahe im selben Farbton wie ihr weißblondes Haar.

Libby wäre am liebsten nach vorne gestürzt, um Elsa zu umarmen – um ihr zu sagen: »Mach's gut, und gute Besserung!« Stattdessen rief sie auf Deutsch: »Auf Wiedersehen!«

Beim Klang ihrer Stimme versuchte Elsa, den Kopf zu heben. Der Schatten eines Lächelns glitt über ihr Gesicht. »Auf Wiedersehen, Libby«, antwortete sie mit schwacher Stimme. »Ich hab dich lieb.«

Tränen traten Libby in die Augen. »Und ich hab *dich* lieb, Elsa!«

Doktor Sweney stieg vor der Tragbahre die Treppe

hinunter und drehte sich dann um, um sicherzugehen, dass Elsa unversehrt blieb. Vorsichtig, als transportierten sie Glaswaren, trugen die Deckhelfer Elsa vom Texasdeck und Sturmdeck zum Kesseldeck und schließlich zum Hauptdeck. Elsas Mutter folgte dicht hinter ihnen. In einiger Entfernung folgten Libby und Caleb.

Sobald die *Christina* in den Hafen von Red Wing einlief, gab Doktor Sweney Anweisungen. Als die Anlegeplanke ausgefahren wurde, drehte er sich nach Libby und Caleb um.

»Elsa wird sich erholen«, sagte er ermutigend.

Augenblicke später waren er und Frau Meyer, Elsa und ihre wenigen Habseligkeiten verschwunden.

***

In Windeseile entluden die Deckhelfer alles andere, was für Red Wing bestimmt war. Die *Christina* legte wieder ab, und weiter ging es auf der Wettfahrt nach Saint Paul.

Über dem Wasser vor Red Wing stieg der Vollmond auf. Libby stand am Bug des Hauptdecks und bewunderte den goldenen Streifen auf dem Fluss. Samson stand neben ihr und wedelte mit seinem großen Schwanz gegen sie.

Vor ihnen lagen die *War Eagle* und die *Galena* gleichauf. Die *Christina* war von etwa einem Dutzend anderen Dampfern umgeben. Osborne, der Erste Ingenieur, heizte ein. Ein Dampfer nach dem anderen fiel zurück, und der Abstand zwischen der *Christina* und den führenden Dampfschiffen verkleinerte sich.

»Wir holen auf!«, sagte Libby zu Caleb, als dieser sich neben sie stellte.

Als könnte sie die *Christina* vorantreiben, lehnte sich Libby in den Wind. Wenn sie nur die *War Eagle* und die *Galena* überholen könnten! Wenn nur Papa Erster werden könnte! Schon allein der Ruhm brächte ihm mehr Aufträge ein.

Dann schien sich Libbys sehnlicher Wunsch zu erfüllen. Zwar nicht auf einmal, aber ganz allmählich arbeitete sich die *Christina* nach vorne. Zentimeter für Zentimeter schob sie sich an der Steuerbordseite der *War Eagle* vorbei. Als der Bug der *Christina* mit dem Heck der *War Eagle* gleichauf war, fiel der Mondschein auf den Boden des Decks hinter dem Frachtraum.

Libby packte Caleb am Arm. »Da ist Jordan auf dem Deck!«

»Er ist furchtbar nah am Rand«, meinte Caleb. »Wenn der Dampfer einen Ruck macht, hat er ein Problem.«

Libby stellte sich auf Zehenspitzen, um möglichst viel zu sehen. »Er und ein Deckhelfer befestigen ein Tau.«

Ein lauter Schrei unterbrach Libby. »Ich sehe ihn!«

Libby schaute auf. Auf dem Kesseldeck über ihnen stand Hutton an der Reling. Seine wütende Stimme brüllte über das Wasser. »Ich sehe dich, Junge! Ich krieg dich doch noch!«

Aufgeschreckt schaute Jordan in Huttons Richtung. Als die *War Eagle* plötzlich nach vorne schnellte, verlor Jordan das Gleichgewicht. Er wedelte mit den Armen in der Luft. Dann stürzte er ins Wasser.

Angst ergriff Libbys Herz. »Jordan kann nicht schwimmen!«

»Mann über Bord!«, wurde auf der *War Eagle* geschrien.

»Mann über Bord!«, rief Caleb.

Auf beiden Dampfern ertönten schrille Warnglocken. Schaufelräder stoppten.

Libby stöhnte. »Nach allem, was geschehen ist – was, wenn Jordan ertrinkt? Was ist dann mit seiner Familie?«

Caleb schüttelte den Kopf. Seine Lippen bewegten sich, wie wenn er betete, aber Libby hörte nichts.

»Denkst du, er kann sich daran erinnern, was du ihm beigebracht hast?«

Caleb blickte finster drein. »Es scheint unmöglich. Aber Jordan denkt schnell in Notsituationen.«

Sekunden später tauchte sein Kopf im Wasser auf. Die Deckhelfer auf der *War Eagle* ließen in aller Eile ihre Jolle ins Wasser hinunter. Bald hielt das kleine Boot auf Jordan zu.

»Sie kommen nie rechtzeitig!« Calebs Stimme war schreckerfüllt. »Sie sind zu weit von ihm entfernt!«

Doch der Bug der *Christina* war näher. In diesem Augenblick dachte Libby an ihren Hund. *Neufundländer. Gezüchtet, um Männer zu retten, die über Bord gefallen sind.*

»Samson!«, befahl Libby. Sie zeigte auf Jordan. »Hol ihn!«

Im nächsten Augenblick sprang der Hund auf eine Kiste. Er sprang mit zusammengehaltenen Vorderpfoten in den Fluss. Als das Wasser um ihn herum aufspritzte, verschwand alles außer Samsons Kopf und Schultern. Samson war als dunkle Gestalt auf dem vom

Mond beleuchteten Wasser zu sehen und schwamm direkt auf Jordan zu.

Libby reckte sich vor und behielt Jordans Kopf im Blickfeld. Plötzlich verlor sie ihn aus den Augen.

»Wo *ist* er?«, schrie sie. »Ich kann Jordan nicht sehen!«

Immer noch zielstrebig paddelte Samson weiter. Kurz darauf tauchte Jordan auf. Trotz des eisigen Wassers kippte er den Kopf zurück. Libby konnte in der Dunkelheit gerade noch seinen Kopf und seine Schultern ausmachen.

»Er hat's nicht vergessen!«, rief sie. »Jordan erinnert sich daran, was du ihm beigebracht hast!«

Mit starken, sicheren Ruderschlägen eilten die Deckhelfer der *War Eagle* auf Jordan zu. Sie näherten sich Jordan allmählich, doch Samson war immer noch näher dran.

Die Zeit schien stillzustehen, als Jordans Kopf immer wieder auf- und untertauchte. Gerade bevor Samson ihn erreichte, tauchte Jordan wieder unter.

Caleb stöhnte. Dann tauchte Samson ab.

»Wo sind sie?«, schrie Libby auf.

Kurz darauf erblickte sie Samson. Er hielt Jordans Oberarm und Schulter im Maul und hielt so Jordans Kopf über Wasser.

Jordan schlug wie wild um sich und versuchte, gegen Samson anzukämpfen, aber Samson hielt fest. Allmählich schien Jordan zu merken, dass der Hund helfen wollte, und hörte plötzlich auf zu zappeln.

Er hielt sich an Samsons Schwanz fest, worauf der Hund zur *Christina* zurückschwamm. Die Deckhelfer der *War Eagle* folgten ihnen auf der Jolle, bis sie sich vergewissert hatten, dass Jordan in Sicherheit war.

Samson brachte Jordan zur *Christina*. Als die beiden das Schiff erreicht hatten, rannten Libby und Caleb zu ihnen. Caleb und ein Deckhelfer streckten die Arme aus und konnten Jordan ergreifen. Andere Deckhelfer halfen Samson an Bord. Ein großes Beifallrufen brach los.

Ein kurzer Signalton der *Christina* teilte der *War Eagle* mit, dass alles in Ordnung war. Kurz darauf nahmen die Schaufelräder und die Motoren der *Christina* den Betrieb wieder auf. Als Caleb Jordan in den Maschinenraum zog, wo er sich umziehen und aufwärmen konnte, nahm die *Christina* wieder volle Fahrt auf.

Dann dachte Libby an Hutton. Als sie aufblickte, sah sie ihn immer noch an der Reling des Kesseldecks stehen. Der Mondschein, der auf Huttons Gesicht fiel, zeigte Libby, wie wütend er war.

Er weiß, dass er Jordan jetzt nicht ergreifen kann. Nicht vor all den Leuten, die wollten, dass er gerettet wurde.

Doch eines wusste Libby ganz genau. *Hutton wird einen besseren Zeitpunkt abwarten.*

Der Sieger

Beim Ofen, der von den Deckpassagieren benutzt wurde, rieb Libby Samson mit Tüchern ab. »Guter Hund!«, sagte sie ihm immer wieder. Calebs Oma war offensichtlich informiert worden, denn sie brachte ihm einen Extraknochen.

Auf dem Hauptdeck traf Libby auf Caleb. Als sorgte er sich nicht mehr als sonst um Jordan, stand er am Bug. Doch Calebs Augen blickten aufmerksam. War Riggs doch irgendwo in der Nähe? Ab und zu schnellte sein Blick zu der Stelle, an der Hutton stand.

Als sie sich Saint Paul näherten, stand Libby immer noch neben Caleb. Durch den Vollmond war weiterhin eine leuchtende Bahn auf dem Wasser zu sehen. Obwohl es beinahe zwei Uhr morgens war, standen viele Menschen auf Deck, um mitzubekommen, wer die Wettfahrt gewinnen würde.

In diesem Augenblick drängte sich ein Mann nah an sie heran – zu nah. Sein Stock stieß an Libbys zerschundenes Bein. Sie sah, dass der Stock einen goldenen Griff hatte. In den darauf folgenden Augenblicken, in denen sie aufschaute, schlug Libby das Herz bis zum Hals.

Der kleine, schlanke Mann neben ihr trug einen teuer aussehenden Mantel. Sein Kastorhut schützte ihn vor der feuchten Nachtluft. Als er sich zu Libby umdrehte, sah sie seine blauen Augen. Statt der erwarteten Kälte und Gemeinheit strahlten sie Freundlichkeit aus.

Dann sah Libby den Mund des Mannes. Die Haut über seiner Oberlippe war gerötet, als heilte sie vom Klebstoff, der einen Schnurrbart gehalten hatte. Doch zwischen der Nase und den äußeren Mundwinkeln waren keine bösen Furchen zu sehen.

Als Libby Caleb mit dem Ellbogen anstieß, tippte der Mann seinen Hut an. »Entschuldigen Sie, Fräulein«, sagte er. »Es tut mir leid, falls ich Ihnen mit meinem Stock wehgetan habe.«

Libby lächelte. »Sie haben mir nicht wehgetan.« *Es ist nicht Riggs!*, dachte sie.

Libby drehte sich zu Caleb um. Sie sah ihm an, dass er horchte. Ohne zu sprechen, warteten sie, bis der Mann sich entfernt hatte. »Wir haben so viel Zeit damit verschwendet, Riggs zu suchen, dass wir das mit Hutton nicht kapiert haben«, bedauerte Libby.

Caleb grinste. »Aber du lernst schnell, Libby.«

»Schnell genug, um …« Libby hielt inne. Sie fürchtete sich weiterzusprechen, solange sie von so vielen Leuten umgeben waren. *Um bei der »Untergrundbahn« mitzuhelfen*, dachte sie.

Doch Caleb wusste, was sie meinte. »Vielleicht«, sagte er.

Doch diese Sache beschäftigte Libby immer noch. »Vertraust du mir, Caleb?«

Einen Augenblick lang dachte er darüber nach. »Ich denke schon.«

»Bin ich nicht mutig genug?«

Diesmal antwortete Caleb sofort. »Du bist mehr als genug mutig, Libby. Und du hast deinen Mut von dem, der allein wahren Mut schenken kann.«

Tief in ihrem Innern war Libby dankbar. Doch sie verstand noch nicht alles. »Warum willst du dann nicht, dass ich –«

Libby brach ab. Sie musste wieder vorsichtig sein. *Dass ich ein Teil der »Untergrundbahn« werde.*

Laut sagte sie: »Warum fürchtest du dich dann davor, es mich versuchen zu lassen?«

Im Mondschein wirkten Calebs Augen dunkler als gewöhnlich. Nun waren sie ernst und nicht zu einem Spaß aufgelegt. Er schaute Libby in die Augen und sagte sanft: »Ich habe Angst, dass dir etwas zustößt.«

»Das ist *alles*?«, erwiderte Libby.

»Nun, das scheint mir genug.«

»Mir wird schon nichts geschehen!« Ihre Stimmung hob sich. Libby warf den Kopf zurück, und ihre rotbraunen Haare fielen ihr um die Schultern. »Es sei denn, ein Bär will mein Sandwich. Oder ein Eisdamm bricht.«

Caleb grinste. »Oder du schnüffelst mitten in der Nacht auf einem Schiff herum.« Er sprach noch leiser. »Wir sind jetzt bereit«, flüsterte er. »Wenn wir den Fluss wieder hinunterfahren, weiß Jordan genau, wie er seiner Familie zur Flucht verhelfen kann. Sein Plan klingt so sicher, wie ein solcher Plan nur sein kann. Und er hat herausgefunden, was du und ich dabei tun können.«

»Ich darf mithelfen?«, fragte Libby überrascht.

Bevor Caleb antworten konnte, kam Jordan von hinten auf sie zu. Er trug wieder trockene Kleidung, Calebs Pullover und wärmste Jacke. Als Jordan zu sprechen versuchte, klapperten seine Zähne, doch Libby verstand, was er sagen wollte. »Wenn du nicht deinen

Hund geschickt hättest, tät' ich jetzt die Engel singen hören!«

Trotz allem, was vorgefallen war, leuchteten Jordans Augen, als wüsste er, dass ein Wunder geschehen war. »Libby, ich kann nich' genug danken dir.«

»Du brauchst gar nichts zu sagen«, antwortete sie. »Vergiss nicht, was du für mich getan hast!«

Libby erinnerte sich an Calebs Worte, nachdem sie beinahe ertrunken war: »Mann, ich bin echt froh, dass du noch unter uns bist, Jordan.«

»Ich auch.« Während er noch zitterte, grinste Jordan. »Ich kann für meine Leut' kein Mose sein, wenn ich nich' kann das Wasser überqueren.«

In diesem Augenblick hörten sie von weiter flussaufwärts ein Tuten. Kirchenglocken läuteten, und eine Kanone wurde abgefeuert.

»Das ist der Empfang in Saint Paul«, erklärte Caleb.

»Ein Kanonenschuss um zwei Uhr nachts?«, fragte Libby. Als sie aufschaute, bemerkte sie, dass ihr Vater zu ihnen gestoßen war. »Hat die *Galena* gewonnen?«

»Von hier sieht es so aus. Die *War Eagle* kann nicht mehr als fünfzehn Minuten dahinter sein. Kapitän Kingman wird Zweiter sein.«

Libby war enttäuscht und voller Mitleid mit ihrem Papa. »Wie schön wäre es gewesen, Erster zu sein. Ich wünschte, du hättest gewonnen.«

»Keine unnötigen Wünsche«, sagte ihr Papa. Er schaute zu Jordan. »Ein Menschenleben ist mehr wert als eine kostenlose Anlegestelle für eine Saison. Der Kapitän der *War Eagle* weiß das. Und ich auch.«

Papas ehrliche Augen sagten Libby, dass er jedes Wort genauso meinte, wie er es gesagt hatte. Kapitän Norstad wandte sich an Caleb und senkte die Stimme. »Du weißt, was zu tun ist«, warnte er. »Sogar im Minnesota-Territorium …«

Libby beendete seinen Satz in Gedanken. *Sogar hier hat Hutton das Recht, Jordan gefangen zu nehmen. Ihn in die Sklaverei zurückzuführen.*

Caleb nickte. »Sobald wir Saint Paul erreichen, Sir.«

»Jordan?«, fragte Papa.

»Ich halte mich an Caleb wie Flöhe auf'm Rücken eines Hundes.«

Während sich Papa unauffällig entfernte, schüttelte er hier eine Hand und dort eine. Dann begab er sich in die Nähe der Stelle, an der die Anlegeplanke ausgefahren werden würde.

Als die *Christina* in Saint Paul einlief, drängten sich die Passagiere zum Bug. In der Menschenmenge auf dem Dampfer sah Libby, wie Hutton versuchte, zu Jordan zu gelangen. Doch als die *Christina* die Anlegestelle erreichte, waren Caleb und Jordan bereit. Während Papa mit Passagieren sprach und so Hutton den Weg versperrte, eilten die beiden Jungen die Anlegeplanke hinunter.

Sobald sie das Ufer erreicht hatten, begann Caleb zu rennen. Jordan war dicht hinter ihm. Zwischen Frachtgut und Menschen hindurch entwischten sie.

Ohne sich von der Stelle zu rühren, wartete Libby und hoffte, nochmals einen Blick auf sie zu erhaschen. Als Caleb den Steilhang über der Anlegestelle hochlief, dachte Libby, dass sie sein blondes Haar im Mondschein sah. Ja, da war er, und Jordan gleich hinter ihm. Dann verschwanden die beiden in der Dunkelheit.

Morgen werde ich mir Saint Paul ansehen, versprach Libby sich selbst. *Und ich werde Caleb sehen.*

Sie drehte sich um und lächelte.

Danksagung

Kennst du Zeiten, in denen du eine Sache unbedingt schaffen wolltest?

Sieger sind beliebt, und auf der Wettfahrt im Jahr 1857 stand viel auf dem Spiel. Den ganzen Winter über hatten die Bewohner von Saint Paul auf das erste Dampfschiff gewartet, das Passagiere, Vorräte und Nachrichten aus der Außenwelt brachte. Der erste Kapitän, der den Lake Pepin durchfuhr und somit die Schiffssaison eröffnete, war ein Held. Er erhielt sowohl Auszeichnungen als auch einen ansehnlichen Preis – er konnte während der ganzen Saison kostenlos in Saint Paul anlegen.

Aus der Geschichte wissen wir, dass die *Galena* gewonnen hat, aber in meinem Herzen hat die *War Eagle* gewonnen. In einer Zeit, als nicht alle Dampfschiffkapitäne anhielten, wenn jemand über Bord fiel, war Kapitän Kingmans Entscheidung, eine Jolle zu Wasser zu lassen, ungewöhnlich. Sein Gnadenakt hat ihn wahrscheinlich den Sieg im Wettrennen gekostet, denn die *War Eagle* wurde Zweite, nur fünfzehn Minuten hinter der *Galena*. Doch sogar heute, mehr als anderthalb Jahrhunderte später, wissen wir immer noch, dass Kapitän Kingman ein Menschenleben höher achtete als Reichtum und Ruhm für sich selbst.

Wenn du je die Gelegenheit haben solltest, Saint Louis in Missouri zu besuchen, gibt es viele Sehenswürdigkeiten, die du dir einmal ansehen solltest. Zum Jefferson National Expansion Memorial gehören ausgezeichnete Museen unter dem Torbogen (»Gateway Arch«) und in dem Gebäude, welches heute als »Old Courthouse« (»Altes Gerichtsgebäude«) bekannt ist.

Denen, die mehr über Dred Scott wissen wollen, wird die Ausstellung im Erdgeschoss des Old Courthouse gefallen. Wegen eines Baufehlers drohte die Decke einzustürzen, daher wurde der Gerichtssaal, in dem die ersten beiden Scott-Prozesse stattfanden, umgebaut. Ein Gerichtssaal im ersten Stock wurde im Stil des 19. Jahrhunderts restauriert und sieht nun so aus wie der Saal, in dem die Scott-Prozesse in den Jahren 1847 und 1850 stattfanden.

Heutzutage sind wir sensibilisiert dafür, wie wir Menschen anderer Herkunft nennen. In diesem Buch und in anderen Büchern dieser Reihe habe ich versucht, die Sprache der 1850er-Jahre wiederzugeben, um ein möglichst authentisches und historisch korrektes Bild zu vermitteln.

Wie immer bin ich den Menschen, die mir dabei helfen, ein Buch zu schreiben, zutiefst dankbar. Bei diesem Roman hat mir Chuck Peterson aus Grantsburg, Wisconsin, besonders geholfen mit seinem Gefühl für die Geschichte und mit seiner Bereitschaft, Auskunft zu geben und Teile des Manuskripts zu lesen. Danke auch, Chuck, für die Zeit, die du und Lori Roy und mir geschenkt habt, als du uns die Lieblingsplätze deiner Kindheit entlang des Mississippi und im Gebiet von Red Wing in Minnesota gezeigt hast.

Robert L. Miller, Museumsdirektor des *George M. Verity*, dem Keokuk River Museum im Victory Park in Keokuk, Iowa, hat ein gutes Gespür dafür, was eine

Autorin für Informationen braucht, um eine Geschichte zu schreiben. In diesem Museum begann ich zum ersten Mal nachzuempfinden, was es hieß, auf einem Flussschiff zu leben. Siehe www.geomverity.org. Seit diesem ersten Besuch dort hat Bob mich großzügig an seinem Wissen teilhaben lassen und viel Mühe und Zeit geopfert, um all meine Fragen zu beantworten. Seine Geduld beim Lesen von Teilen des Manuskripts und beim Beantworten meiner zahlreichen Fragen ist erstaunlich! Siehe auch www.mississippirivermuseum.com, um mehr zu erfahren über das National Mississippi Riverboat Museum & Aquarium, einer großen Anlage im »Drei-Staaten-Eck« am Mississippi in Dubuque, Iowa.

Zusätzlich haben mir viele Menschen genau zur rechten Zeit mit dem, was ich benötigte, weitergeholfen: Emily Miller, Bibliothekarin beim Missouri Historical Society Library and Research Center, Saint Louis, Missouri; Charlene Gill, Präsidentin der Alton Area Historical Society, Alton, Illinois; Roberta Hagood, Autorin und Historikerin aus Hannibal, Missouri; Emma Lee Lahmeyer Hill von der Keokuk Public Library, Keokuk, Iowa; Susie Guest, Bibliotheksassistentin an der Burlington Free Public Library; und *The Hawk Eye*, Iowas älteste Zeitung, ebenfalls in Burlington.

Ein Dank geht an die Bibliothekaren der Wabasha, Minnesota Public Library und an Charlie McDonald und das Wabasha County Historical Museum in Reads Landing, Minnesota. Im Gebiet von Red Wing, Minnesota, geht mein Dank an Char Henn, Kuratorin, an Mary Maronde, Direktorin, an Jean Chesley, Direktorin im Ruhestand, und an Orville Olson, einem ehemaligen Kurator der Goodhue County Historical Society. Ferner bin ich Adeline Deden, Evelyn Sweasy, Kathryn Morrow und der Red Wing Public Library dankbar für ihre Hilfe.

Als ich herumreiste, um mehr über Dampfschiffe und die Schauplätze für diese Bücherreihe zu erfahren, fand ich folgende Bücher besonders hilfreich: Anita Albrecht Buck, *Steamboats on the St. Croix*, North Star Press of St. Cloud, Inc., St. Cloud, Minnesota, 1990; George Byron Merrick, *Old Times on the Mississippi*, Minnesota Historical Society, Saint Paul, Minnesota, 1987; William J. Petersen, *Steamboating on the Upper Mississippi*, State Historical Society of Iowa, Iowa City, Iowa, 1968.

Ein Dank geht ferner an Tom Benson, Hartland, Minnesota, der wie eine Krähe krächzt und die Eulen zum Antworten bringt; an Norma Robinson, Präsidentin des Newfoundland Dog Club der Greater Twin Cities, Eagan, Minnesota; an Dr. William Young vom River Valley Medical Center, St. Croix Falls, Wisconsin; an die Bibliothekare in der Grantsburg Public Library, auch Mary Ann Erickson Memorial Library genannt, in Grantsburg, Wisconsin; und an Charlotte Adelsperger, Overland Park, Kansas, die mir sagte, ich solle meine Figuren »füttern«, besonders wenn sie Hunde sind!

In Saint Paul, Minnesota, geht mein Dank an die Minnesota Historical Society für ihr Minnesota History Center und ihre Forschungseinrichtungen, www.mnhs.org. Ein Dankeschön geht auch an *Pioneer Press* in St. Paul für die Zeitungen *The Daily Pioneer* und *Democrat*.

Ich bin dem *Arabia* Steamboat Museum in Kansas City, Missouri, dankbar für das gewaltige Unterfangen, die im Jahr 1856 im Missouri versunkene Ladung zu bergen und zu restaurieren. Siehe auch www.1856.com. Danke an alle, die an diesem aufregenden Projekt beteiligt waren, und ganz besonders an Greg Hawley und David Hawley, dass sie meine Fragen beantwortet haben.

Meine Dankbarkeit gilt ferner Maurice J. Montgomery, Kurator/Archivar der Rock County Historical Society, für seine Führung durch das Tallman House in Janesville, Wisconsin. Ich bin auch Judy Scheehle und dem Milton House dankbar, einer authentischen »Haltestelle« der »Untergrundbahn« in Milton, Wisconsin.

Ein besonderes Dankeschön geht ans ganze Team von Bethany House für die Veröffentlichung der ersten Auflage dieses Buches der Reihe »Der Abenteuer-Fluss«: an die Grafikerin Andrea Jorgenson für die Bilder auf dem Deckblatt sowie im Buch; an Toni Auble für die Raddampfer-Grafik vorne im Buch; an Barbara Lilland und Rochelle Glöege für die Herausgabe des Buches und ihre anhaltende Ermutigung.

Ich danke allen Beteiligten bei Moody Publishers, die eine Rolle dabei gespielt haben, die zweite Auflage dieser Romane der Reihe »Der Abenteuer-Fluss« zu veröffentlichen: Deborah Keiser, Mitherausgeberin; River North, für ihre starke Begabung, ihr kreatives Planen und ihre visionäre Führung; Michele Forrider, Audience Development Manager, für die tagtägliche Vermarktung und weil sie den Kontakt zur Leserschaft hergestellt hat; Brittany Biggs, meiner gewaltigen Hilfe in der Kontaktpflege zu mir als Autor; und Pam Pugh, Hauptprojektleiterin, für ihre Aufsichtsführung, ihr Management und ihre Detailarbeit, die diesen Roman zur Vollendung geführt haben. Mein Dank geht auch an die Grafikerin Odessa Sawyer für ihre Kunst, meinen Figuren Leben einzuhauchen.

Als Autorin schätze ich all meine Lektoren, doch am meisten habe ich mit einer Person zusammengearbeitet: Ron Klug ist ein begabter Schriftsteller und Herausgeber und hat über zwanzig meiner Bücher editiert. Das tut er immer bereitwillig und stilvoll, wobei er feines Verständnis dafür beweist, wie man das, was ich begonnen habe, verbessern kann. Bei diesem Roman schulde ich ihm noch mehr Dank als gewöhnlich wegen seines weisen Rats und seines Hinweises auf die Bedeutung und Wichtigkeit von Mut.

Als ich mit Oliver Reichl, meinem Lektor bei CLV, an der Reihe »Die Abenteuerwälder« arbeitete, merkte ich, wie gut er darin ist, wichtige Details zu erkennen und richtigzustellen und jedem Roman dazu zu verhelfen, den Übergang ins Deutsche zu schaffen. Feinfühlig stellt er stets die richtigen Fragen und behält den Überblick über das Projekt. Mit dieser Reihe »Der Abenteuer-Fluss« heiße ich Franziska Sägesser willkommen, die mir zum ersten Mal als junge Leserin aus der Schweiz geschrieben hat. Was für ein tolles Geschenk, dass sie die Übersetzerin von *Escape into the Night* (»Flucht in die Nacht«) und nun dieses Romans geworden ist! Und vielen Dank an den Grafiker Andreas Fett für seine kreativen Ideen, seine starke Begabung und seine fantastische Gestaltung der Buchumschläge!

Seit vielen Jahren haben mich viele Leute still jeden Tag ermutigt weiterzuschreiben. Ich sehe weder euch noch eure Zeit und Unterstützung je als selbstverständlich an. Einen besonderen Dank an meine Eltern, Alvar und Lydia Walfrid, die meine Ansichten bezüglich einer »Gib-nie-auf-Familie« früh geprägt haben und mein Bedürfnis zu schreiben verstanden haben.

Ab und zu wendet ihr, meine geschätzten Leser, euch in einem Brief gleichzeitig an meinen Mann Roy und an mich. Es ist für mich bedeutungsvoll, wenn das geschieht, denn ich merke, dass ihr versteht, wie viel Roy mir dabei geholfen hat, alle Bücher zu schreiben. Wie immer geht mein Dank an dich, Roy, wegen deiner Liebe und Weisheit, weil du mein grandioser Mann bist, und wegen der Rolle, die du für unsere Kinder und Enkelkinder spielst. Du bist ihnen ein Papa genauso wie Libbys Papa!

Was geschieht als Nächstes ...?

Während die *Christina* nach Süden fährt, arbeiten Libby Norstad und ihre Freunde Caleb und Jordan ihren Plan aus, um Jordans Familie aus der Sklaverei zu befreien. Doch mit der Nachricht, dass sich ein Ausbrecher aus dem Gefängnis eventuell auf die *Christina* geschlichen hat, tauchen Schwierigkeiten auf. Dann belauscht jemand Libbys Gespräch mit Caleb. Hat der ausgebrochene Häftling erfahren, dass Jordan ein entlaufener Sklave ist?

Libby ist zu Tode betrübt, da sie weiß, dass sie ihre Freunde in große Schwierigkeiten gebracht hat. Sie hat nicht nur Jordans Sicherheit aufs Spiel gesetzt, sondern auch die Mission gefährdet, dessen Familie zu befreien. Wird Caleb ihr vertrauen, sodass sie bei der »Untergrundbahn« mithelfen darf? Falls ja, kann Libby aus ihren Fehlern lernen und alles richtig machen?

Der Abenteuer-Fluss 3

Befreiung um Mitternacht